有爱的青春陪伴者

NISHI
XIATIAN,
SHIFENGSHIYU
SHIMIMI

你知道我喜欢你的心情吗?
就是,你的每个眼神我都觉得是甜的。

小花作者

XIAOHUAZUOZHE

我们只写有爱的故事。
大鱼文化旗下青春原创作者团队。

大鱼文化打造95后阅读子品牌"小花阅读"。
已独家签约十多位青春作家,期待你的加入。

已出版故事集:《你在什么时候会忽然喜欢一个人》
《他人等送伞,我在等雨停》

ZUOZHEJIANJIE

目录

NISHIXIATIAN,
SHIFENGSHIYU
SHIMIMI

Chapter.1 暗恋的心情 / 001

你知道我喜欢你的心情吗？
就是，你的每个眼神我都觉得是甜的。

- 002　当冬夜渐暖 / 海殊
- 016　你是夏天，是风是雨是秘密 / 闻人可轻
- 034　陈酒佳酿，我想吻你 / 打伞的蘑菇
- 046　他是春风和星点 / 姜辜

Chapter.2 我喜欢的那个人闪闪发光 /065

喜欢你，不管在哪儿我都能找到你，
并且还在你身上镀上光。

- 066　十二月又见风雪 / 闻人可轻
- 087　幸免于你 / 打伞的蘑菇
- 100　黎明拥抱星光 / 游溯之
- 120　隔壁那个偶像，等等我 / 茶泡饭

目录

NISHIXIATIAN,
SHIFENGSHIYU
SHIMIMI

Chapter.3
有时候的吵架
是甜的 / 143

喂！我跟你说我生气了，
再不哄我，我就要跑走啦。

144　小狐涂山来 / 晚乔
167　从前，有个人爱你很久 / 森木岛屿
188　手残少女的"吃鸡"日常 / 子非鱼

Chapter.4
请你用力地去
生活 / 203

我喜欢你，你不喜欢我怎么办？
生活还是要继续，大不了，
我把你放在心里喜欢呗。

204　而风，从未停止 / 海殊
221　后知后觉 / 狸子小姐
244　等到十二月的凉风都融化 / 森木岛屿
262　不负可爱不负你 / 十万月光

Chapter.1 暗恋的心情

你知道我喜欢你的心情吗?
就是,你的每个眼神
我都觉得是甜的。

> **小字条**

又被盯上了,我害怕,放学提前来接我。

 你怕什么。

 等着,我来了!

当冬夜渐暖
×

Text / 海殊

〔壹〕

一大清早,南塘那片的菜市场跟炸了锅一样。

四五个男的手里拎着铁棍从巷子里蹿出来,一边跑嘴里一边喊:"嘿!段浩你小子今天死定了,站住,听到没有!你给我站住!"

前方的分岔路口转弯。

被追赶的少年一脚踩上路边烧烤摊上的凳子,纵身一跃,带翻了脏污桌面上的十几个空酒瓶和剩骨头,汤汤水水洒了一地。后面追上来的人连掀数张桌子,推搡打闹,全场大乱。

趁乱把人甩掉后,段浩转过两条街,直接进了城边一栋停工的建筑楼,刚好和匆匆从楼上下来的两个人撞在一起。

"哎哟,我去!"走在前边的胖子瞪大了眼睛,"浩子?"扫了他一眼,"刚接了电话说你被苍蝇那伙人堵了,我们正打算去叫人呢!"

"啧!"段浩一脚虚虚踹过去,"别整天喊打喊杀的,还真以为自己是一条街的扛把子?能不能文明点?"

胖子刘宁和朱正涛的表情立马跟调色盘一样，花得挺好看。

"文明"这词，用您身上也不合适啊。

段浩这人吧，人模狗样，长得挺帅，只是垂着眼睛看人时总有那么几分拽拽的劲儿。有个心狠手辣的流氓爹，他很自然地承袭"家业"，成了这儿远近闻名的小流氓。

十一二岁的时候，他就敢提着棍子不要命地和人干仗，是打架的一把好手。

三个人接连上楼。

朱正涛说："苍蝇这人真跟他名字一样，恶心得要命，黏上来甩都甩不掉，迟早有一天教训他！"

话音刚落，他就被一脚踹趴到墙上。

他惊讶地回头，看着动手的段浩问："踹我干吗？"

刘宁狂笑不止地说："苍蝇最喜欢黏什么——屎啊！你这不是骂浩子吗？"

朱正涛这才反应过来，拍了拍自己的嘴说："得，我嘴欠。"

苍蝇跟他们是老仇人了，随便在路上撞见，不需要理由都能追他们三条街。苍蝇是南塘典型的地痞，偷鸡摸狗，无恶不作。

段浩一般见着他绕道走，倒不是认怂，单纯嫌烦。

他把带来的早餐往桌子上一放，眼睛忽然瞥见一个蹲在角落里的人影，手上动作一顿，示意身后的两人："什么情况？"

刘宁摊了摊手，表示不知道，同时给了他一个颇为同情的眼神。

段浩"啧"了声，走过去用鞋尖踢了踢那人的脚踝："起来了，大清早蹲这儿能捡钱？"

那人终于抬头。

黑色的帽子下露出一张可以称得上秀气的脸,女孩儿眼睛黑亮,红红的,像是哭过,开口就是哭腔:"段浩,你大爷!"

"我又怎么着你了?"

女孩儿噌地站起来,瞪着眼睛:"我昨天生日!你干脆连学校都不去还放我鸽子,你有没有一点作为人家男朋友的自觉?"

"哎,打住。"段浩皱着眉,"我怎么不知道我是你男朋友呢?"

女孩儿愣了愣,立马撇了嘴看他,一副要哭不哭的可怜样子。

段浩头疼,没好气道:"憋回去,不许哭!"

这话不说还好,一说,女孩儿"哇"的一声直接号上了,眼泪跟开了闸的水龙头似的关不住。

她一边抽噎,一边细数他的罪状:

"去年圣诞节你就跟我说你在外地,结果朋友圈晒的是你和你家门口那只流浪猫的合影;情人节你骗我说和朋友聚会,结果是和人打架去了派出所。呜呜……还有昨天,你又骗我……我在你眼里连只野猫都不如……"

身后传来"扑哧"两道笑声。

段浩回头瞪了一眼,然后看着面前的人咬牙低吼:"麦桐!"

〔贰〕

南塘这地方说起来还挺神奇,段宏从垃圾堆里捡了个男孩儿给他取名叫段浩,培养成了南塘一霸。对街的女人,第二年在同样的地方捡了个女孩儿给她取名叫麦桐,培养成了天天向上的三好学生。

两家谁也看不上谁。

段浩小时候特惨,他那个爹有三大爱好:喝酒、赌钱、打儿子。

可能因为段浩不是他亲生的,他一个不如意,就往死里揍的那种打法。

在这样的环境下,段浩之所以没有往不好的方向成长,是因为他以惊人的速度顶替了他爹在南塘的地位,直到他爹再也打不过他。

就他小时候那像头小狼崽子的眼神,也就麦桐敢接近他。

麦桐那个妈有点神经质,不动手,但动不动就把半大的孩子关在小黑屋里。十岁之后的几年,见光就往回缩的女孩儿跟在段浩身边肆意疯长,致力于将自己和段浩打造成南塘这片区的"黑白双煞"。

只可惜段浩基本上不会给她动手的机会。

他容忍她跟在自己身边,容忍到现在她动不动就敢爬到他头上。

麦桐哭够了,眼泪说收就收,一点不自在都没有。她跑到桌子边坐下,打开段浩带来的早餐,抱怨着:"为什么没有买我最喜欢吃的那家小笼包?"

段浩坐在对面,抽着烟皱眉看她一眼:"爱吃吃,不爱吃自己买去!"

"吃就吃!"

刘宁和朱正涛也挤过来,几个人各自吃着东西。

麦桐被段浩给气到了,包子没吃多少就干脆扔下不吃了,坐在一边无聊地刷着手机。

段浩问她:"不去上学?"

麦桐不搭理他,反倒是朱正涛想了想说:"麦桐,这两天出门注

意点,苍蝇那伙人说不定会来堵人。"

段浩顿了一下站起来,拿了自行车钥匙对麦桐说:"走吧,送你去学校。"

"我不去。"麦桐依然没抬头。

段浩看着她的发顶:"为什么?"

"你不也没去嘛,你不去我就不去。"她终于抬头看着他,"反正还有两个月不到就高考了,就算一天不去又怎么样,反正我都会。"

刘宁大笑着说:"也是,就麦桐这成绩,考个大学那不是分分钟的事……"

他剩下的话在段浩一个眼神扫过来之后被他生生咽回了肚子里。

段浩咬着烟屁股也不和麦桐废话,直接上手,拎着她的后衣领就把她从凳子上提起来。不顾她的反抗,他径直把她带下楼,直到她乖乖坐上自行车后座。

麦桐瞪着他的后背:"你怎么这么野蛮!"

段浩不理她,脚一蹬,载着她朝前滑去。

南塘这地方不大,且发展缓慢,他们从小在这儿长大,周围的一景一物始终是记忆中的样子。麦桐抓着段浩的衣服下摆,晃晃悠悠的样子,和以往很多个清晨没什么不同。

到了校门口的时候,麦桐跳下车,段浩右脚撑地,抬了抬下巴说:"进去吧,好好听课。"

"那你……呢?"

"我还有事,先走了。"

他说着就要掉头,麦桐一把抓着车后座,在他回转的视线中,麦桐看着他的眼睛说:"所有复习的资料我都抄了两份,一份放在你包里了,还有各科的复习试卷,你……你抽空做吧,高考……"

高考你要是考砸了,我就跟你没完。

段浩看懂了她的意思,随口"嗯"了声,踩上车,随风丢下一句:"知道了。"

麦桐看着他离去的背影笑了,转身进了学校。

〔叁〕

段浩的成绩一直那样,逃课虽多,但一直保持在中上游水平,要上个大学也不难。这也得归功于麦桐坚持不懈的努力。如果按照段浩那个爹的言论"读那么多书干什么,还不是浪费钱",说不定段浩早辍学了。

好在他并没有。

学校的生活千篇一律,日子就这样过着。

麦桐有时候上课会走神,段浩不来学校的话,她时常提心吊胆,想着他说不定就在哪个地方和人打架呢,要是受伤没人发现,或者被人报复该怎么办……

麦桐从来没跟段浩说不要惹事这种话。

主要是因为她知道,只要生活在南塘,只要他还有那么个爹,这种事他就摆脱不了。

不知道为什么,她总觉得今天不平静,从进教室开始,右眼皮就一直跳。

直到"啪"的一声,有人把一本书猛地拍在她的桌子上。

"有事?"她抬头看着抱手站在自己桌子边,不算陌生的女生。

杨晴,校外地痞苍蝇的女朋友,学校里的女校霸,贯彻落实了十多年前的非主流文化,致力于在南塘高中称霸一方。

杨晴找她碴儿也不是一天两天了,每次段浩跟苍蝇那伙人撞上,连带着麦桐就会被问候一回。

麦桐前脚跟人约了放学再解决,后脚就给段浩发了消息:"又被盯上了,我害怕,放学提前来接我。"后面还跟着一串恐惧的符号和"沙雕"表情包,以显示自己害怕的心情。

段浩回得很快:"你害怕个屁。"

接着,他又回一句:"等着。"

麦桐看着手机,立起桌上的课本,挡住了她忍不住上扬的嘴角。

下课铃一响,麦桐一秒都没停留就蹿出了校门,果然在校门外看到了插兜靠在路灯杆上的段浩。

他也看见了她,等她笑盈盈走上前。

他站直了身体说:"走吧。"

"现在不想回去,带我去吃饭吧?"

"行。"

两人到了吃饭的地儿,刘宁、朱正涛他们已经在了。

朱正涛对着麦桐说:"这么快,我还以为你得和人打一架呢。"

麦桐假笑:"不好意思,我们这种乖乖学生怎么可能公然违反校纪校规,而且我不和'中二病'少女一般见识,她就是被苍蝇灌了迷魂汤了。"

"哈哈！"刘宁忍不住笑，"我看你是从良太久，忘了是谁上初中那会儿，三天两头地让浩子给你收拾烂摊子。"

段浩终于开口："吃饭都堵不住你们的嘴是吧？"

麦桐小声嘀咕："我那会儿是不懂事。"

说起来初中时她还真是爱惹麻烦，直到有一回段浩因为她把胳膊折了，她托着他的手哭得不能自已，然后向他发誓以后再也不给他找事。

那也是她记忆里为数不多段浩很温柔的时候，他擦着她的脸笑话她哭得丑，还安慰她。

后来，她在网吧看了一部电影，把里面那段经典台词发给他：

女孩儿问大叔："生活总是这么痛苦吗？还是只有小时候这样？"

大叔说："总是如此。"

然后，她问他："我们的生活也总会如此吗？"

他说："不会。"

没人觉得麦桐说不给段浩惹事了是真的，但是她做到了。

她成了学校里按时到校、认真学习的三好学生，偶尔会一脸委屈地站他面前，说他今天要是不把卷子给做了，就哭给他看。

说不清是她带着他，还是他一直护着她。

他们就这样跌跌撞撞走过了那么长的时光，他们也以为会一直这样下去，直到高考前两天，杨晴突然从学校的天台坠落，躺在医院陷入昏迷，医生说她可能一辈子都醒不过来了。

这场突如其来的意外，硬生生地把他们的计划撕了个大口子。

〔肆〕

从知道杨晴出事，到警察找上门说这既不是自杀也不是失足坠落，麦桐整个人都是蒙的。

警察冷着脸说："学校不少同学指证，你和杨晴同学之间有矛盾，好几次约架地点都在天台。"

麦桐心梗，她一次都没赴过约啊。

原本好好的一个同学就这样躺进了医院，成了植物人，这冲击力太强，而且她还被安上了一个嫌疑人的名头，她脑子就更蒙了，如今还被带来派出所问话……想都不用想就能知道这件事得在学校掀起怎样的滔天巨浪。

只是马上就要高考，她又想到了段浩，心想自己不给他打电话，那家伙能起得来参加考试吗？

她不知道自己在派出所里待了多久，反正应该不久，从进去到出来，天都还没黑。

警察说："你走吧。"

麦桐心里"咯噔"一声，问："查到是谁动手的了？"

"算……是吧。"

警察这模棱两可的回答，让麦桐更心焦了。

谁知走了没几步，麦桐便看到了段浩。

她说不清楚自己当时的心理状态是怎样的，反正她自己待在里面的时候还没觉得怎么样，但一想到段浩要替她进去，她就感觉自己像是被架到了火上，万分焦躁。

段浩还没注意到她，她就猛地跑过去拽住了他的胳膊，连身后的警察都拉不住她。

麦桐开口就一句："段浩，你脑子有病吧！"

段浩："麦桐，你……"

他话还没说完呢，跟在他旁边的警察就说："同学，你别惹事。"然后转头和段浩说，"你现在不适合和其他人接触，先进去。"

"不许走！"麦桐眼眶通红，死活拉着段浩不放手。

段浩看着她，语气里带着安抚："麦桐，我没什么事，你今天先回去好好睡一觉，备战明天的高考……"

"考什么试啊！我不考！"麦桐大吼，她哭得不行，骂他，"段浩，你脑子就是被驴给踢了吧？人又不是我推的，用得着你给我背黑锅吗？你怎么就这么伟大呢，你怎么不干脆……"

"同学，同学……"

有警察来扯她的胳膊，她边哭边说："你要是进去，我还考个屁啊，我……唔……"

段浩干脆伸手捂住了她的嘴，脸色有点黑："闭嘴。"然后又对着一众警察抱歉地笑了笑，"不好意思，她有点激动。"

其中有个女警看着麦桐笑得不行："你们也太有意思了。"然后对麦桐说，"同学，少看些狗血电视剧，你男朋友是来配合证人提供证词的，没说是他动的手。"

她肿着一双眼睛无辜地看着段浩，段浩放开她，表情一言难尽，点点头。

麦桐嘀咕："你们也没人和我说这个啊？"

"你也没给我们机会说。"

麦桐心还一抽一抽的,又尴尬得想找条地缝钻进去,周围这么多人,丢脸丢大发了。

抬头才发现段浩一直看着自己,她问他:"你看我干什么?"

"你很久没有哭得这么丑了。"他笑了笑,轻声说。

麦桐这几年把哭这门绝活练到了炉火纯青的地步,眼泪收放自如,当然只是对着段浩的时候。她好像很久没有这么失控过了,就差坐在地上抱着他的大腿了。

段浩摸摸她脑袋:"好了,回去吧。"又笑着添了句,"傻子。"

目送段浩进去之后,麦桐问刚刚的女警:"他什么时候能出来啊?我们明天还考试呢。"

女警估计是看她刚刚实在可怜,忍笑道:"放心,我们这边掌握了重要线索,也知道你们高考有多重要,你男朋友很快就出来了。"

麦桐垂头丧气地说:"他还没答应做我男朋友呢。"

〔伍〕

杨晴的事情有了结论,她是和苍蝇争执时坠落天台的。

那天有值日的学生听到了他们的声音,但是害怕得罪这种校外的混子就一直没说。这事不知道段浩是怎么知道的,反正他最后找到了这个重要证人。

高考结束的那天,麦桐比段浩还紧张。

"你到底考得怎么样啊?"她追着他问了好半天。

"还行。"

翻来覆去就只得到他这一句。

事实证明，段浩这次高考算是超常发挥了，一本上不了，不过也高出二本线二十多分。

两人选一个城市的大学，是没什么问题了。

麦桐一颗心落回原处，整个暑假都开心得不行。

那天，她照例跑去找段浩，没了苍蝇的南塘感觉都太平了不少。

在段浩房间的门口，她正准备推门，刚好听见刘宁的声音从里面传来："之前出了那事我还以为完了，你都不知道你那天有多吓人，那个做证的学生没先被苍蝇威胁，反倒差点被你给吓破胆。"

段浩神色平静："你觉得我能让苍蝇先找着人吗？"

"其实就算他先找着人也没什么用啊，还能杀人灭口咋的，事情总会有一个结果。"

段浩吸了口烟，烟雾缭绕，他不禁眯了眯眼睛，然后才说："你不知道，她小时候被她那个妈关久了，进了小地方和黑屋子就紧张得不行，派出所那种地方，我担心她害怕。"

刘宁哑口无言。

站在门口的麦桐鼻子发酸。

就像考完试那天，她和段浩说："那天在派出所门口，我是真打算不考了。"

他说："为什么不，就算我考不了，你也得给我考。"

她回："你说了不算。"

他们是被放弃过的人，命运像藤蔓一样将他们紧紧地缠绕在一起，彼此相依。

就算生于荒漠，深陷泥泞，他们都不曾放弃过自己，只要他们在一起——如果你困在了原地，我也会陪你一起。

大学报到的前一天，他们从南塘出发。

熟悉的景致在眼前倒退。

就像是他们终于长大成人，挣脱了那些从前的羁绊，开始飞往崭新的人生和未来。

麦桐坐在车上偏头看段浩。

他戴着耳机在睡觉。

她晃了晃他："段浩，我看网上说大学里美女如云，咱俩学校还隔了十五分钟的路程呢，你得给我一个保证。"

"什么保证？"他本就没睡着，睁开眼睛装不懂。

"装什么装？你说，我现在是不是你女朋友？"

"哦。"

"你哦什么哦啊？你要敢说一个不字，我就……我就揍你啊！"

段浩又闭上眼睛，扬了扬嘴角。

你不是？那鬼是啊？

再说，除了你，这世界哪还有第二个麦桐。

> **小秘密**

> 即将说出口的秘密,在那个夏天,在那场暴雨里,永远地锁在了心里。
> 你说你的秘密是,希望我永远开心,希望我能幸福。
> 我说我也是。
> 但只有我自己知道,我喜欢你,才是那个夏天我想要告诉你的唯一秘密。
> 如果没有那场意外,你没说出口的秘密,会和我一样吗?
> ——方乘

你是夏天,
是风是雨是秘密

×

Text / 闻人可轻

〔壹〕

方乘说,她喜欢过一个人,喜欢得如同夏季纳凉星夜下的沉默。

〔贰〕

在冰箱里放了一夜的西瓜被爷爷拿出来从中间一分为二,冒着凉气的鲜红瓜瓤里点缀着黝黑饱满的瓜子,一看就很甜的样子。

方乘悄悄咽了咽口水,小动作被爷爷瞧见,也不拆穿她,只是笑着将其中一半放回冰箱,另一半又是一分为二,其中二分之一均匀切片装进盘子递给方乘,说:"给对门送过去。"

方乘接过,端着盘子出了爷爷家的小堂屋,隔了一条马路,对面关着门的商店所处的那栋房子是温邻风的家。

上一次两人见面还是五年前,方乘小学毕业来爷爷家过暑假,温邻风那个时候初中毕业,准备上高中。

记不清他的具体长相了,只是那年夏天方乘被他堵在巷子口强行打劫了一瓶橘子汁的事情到现在还让她记忆犹新。

说实话,在回忆里方乘对他的印象不怎么好,并不是很愿意给他送西瓜。

正午闷热,街道两边的椿树上知了叫个不停。方乘的裙摆投影在四方青砖上,一片浓浓的墨黑。

她站在门口正欲抬手敲门的时候,身后响起了自行车铃铛清脆的声音,接着季青书猛地一握刹车,停在了她的面前。

他盯着她手上的西瓜,问:"找邻风?"

方乘点了点头:"嗯,给他送西瓜。"

"别了吧,他昨夜通宵,这会儿估计还没起床。"说着,季青书伸手拿了一片送到自己嘴里,评价,"嗯,甜、凉、爽!"

方乘怕他吃完又吃,下意识地往后一退,撞开了商店的门。

落满灰尘的陈旧过期商品放在货架上无人打理,窄窄的过道两边堆满了空啤酒瓶,还有呛人的烟草味从隔断门帘后传来。

方乘撩开隔断门帘,发现里面竟然是个小网吧,座无虚席,哗声阵阵,瞬间了然——原来是挂羊头卖狗肉。

温邻风的弟弟温邻雨坐在收银台里面打瞌睡,听到有人进来,迷糊着问了句:"小时还是包天?"

"我是来给你们送西瓜的。"

方乘的声音很脆,像雨后房檐上往下落的水滴。

邻雨一下子就来了精神,展开眉目,咧嘴一笑:"原来是阿乘姐啊,你给送楼上去吧,我哥在。"

楼上不大的两间房，一间是邻雨的，一间是邻风的。邻雨那间房门锁着，方乘推开了邻风房间的门。

不算邋遢的房间却也不整洁，洗干净的衣服随意堆叠，连地板上都是，她一时间有些无处下脚的感觉。

空调设置的温度是17℃，榻榻米上睡着的人脸朝下，直直地趴在上面，半截腿都伸在床外。

方乘低头看了一眼西瓜，心想等下不凉该不好吃了，但又不能原封不动地端回去，怕不好交差。

于是，她走过去坐在他的床边，边吃边等他醒来。

一片，两片，三片……

老鼠啃东西一样窸窸窣窣的声音，不大不小，又没完没了。

被扰了清梦，邻风脾气上来，忍无可忍，翻身坐起，抬起手就准备一巴掌扇过去，却在对视上方乘清淡的眼睛后，硬生生地把手收回去揉了揉眼睛，没好气地问："你在这儿干什么？"

方乘举着盘子里最后一片还被她啃了一半的瓜，递到他面前："给你送西瓜的。"

明显还没吃尽兴，不等邻风开口，她咂着嘴问："你吃吗？"

邻风看着那片被她啃了一半的西瓜，哭笑不得："还是你自己吃吧。"

"好，那我不客气了。"一口咬下去，她唇边粘了一小粒西瓜，"好甜的。"

邻风喉结一紧，伸手拿掉粘在她唇边的瓜，想都没想直接塞进了自己的嘴里，然后不温不火地回了句："嗯，甜。"

方乘倏然抬头，发现邻风正盯着她，精短的寸头突显着他深刻英挺的五官，特别是那双眼睛，浓而深的瞳孔，密而长的睫毛，似乎有吞纳世间万物的本领。

方乘觉得自己再多看一会儿也会被吸进去。她手足无措地起身，然后仓皇逃离，身后落了一地西瓜皮。

〔叁〕

小饭桌上，奶奶煮的绿豆粥已经盛起来放在白瓷碗里。

方乘趴在窗口的桌子上写暑假作业，根据已知条件求空间四边形 ABCD 线段 BC 和 AD 中点连线的向量坐标。

很简单的一道题，但她算不出来。

那实实虚虚的线条密密麻麻地横错盘旋在她脑子里，像极了邻风紧密扎实的肌肉纹理。还有他的那双眼，直勾勾地盯着谁的时候简直让人无所遁形，害怕直视却又忍不住想再看两眼，想看看自己在他眼中的样子。

窗外，爷爷正搭着梯子在摘院子里已经成熟的葡萄，厚重的一挂挂，拿水一冲，圆溜溜的果实泛着干净黝黑的光，像极了……邻风的瞳孔。

方乘长叹一口气，胡乱地揉了揉自己的脑袋，天哪，她估摸着自己大概是要疯了。

厨房里，细细的面条在锅里煮熟后被捞起晾干，放在通风处浇上一层香油，迅速拌匀吹凉。

腌制好的肉末放进油锅，"刺啦"一声，浓浓的香味飘来，接着奶奶隔空喊话："阿乘，去买瓶醋回来，要阆中保宁的。"

出了门,橘黄色的夕阳还挂在廊角,不远处高耸入云的现代建筑玻璃墙反射着刺眼的光。

方乘穿着一双人字拖,站在石板街上,前后张望,脑子里想起了邻风家的那个商店,心想应该买不得,于是往别处走去。

路口有家大超市,门口摆着些反季的打折商品,几个老阿姨围着挑挑拣拣。方乘推开超市玻璃门,电子狗说了声"欢迎光临",接着她就看到了邻风。

在饮料区,他穿了一件黑色背心,有些贴身,能看到线条流畅紧实的腰腹线。他怀里抱着几瓶啤酒,不耐烦地催促身边人:"你是要把超市搬空吗?"

还在扫货架的人,似乎对他的这种态度习以为常,软软地回了句:"别那么急嘛!"

方乘硬着头皮往前走,想假装没看到他们,但他们又偏巧站在去调料区的必经之路上,没办法,只好打了声招呼:"好巧啊。"

邻风个子很高,看方乘的时候几乎是俯视,堵住她的去路:"要买什么?"

方乘一紧张,忘了自己是要买酱油还是醋了,但她记得奶奶交代过要买阆中保宁的。

邻风随口问了句:"酱油还是醋?"

跟在邻风身边的人终于抬头,眉眼美艳,她自然而然地将手搭到他肩上,问:"这是谁啊?"

邻风没理她,却也没阻止那个暧昧不清的动作,继续问方乘:"嗯?哪一个?"

方乘的眼睛掠过那个女生放在他肩上的手,说了句:"不是酱油,要醋。"

看着方乘脸上变化诡异的表情,邻风想笑,但忍住了。他贴着她的背,伸手过去抓起一瓶醋塞进她怀里,末了,还不忘调侃一句:"酱油惹你了?"

"哦,我想起来了,你是方乘是吧?"那女生伸出手,"我呀,罗呀,你忘了?"

方乘没忘,只是也不想继续待下去,又一次落荒而逃,却没了前两天的那种心悸,只是有点堵得慌。

〔肆〕

爷爷奶奶参加了一个夕阳红旅行社的海外旅游,走之前说会有人来管方乘的一日三餐。

方乘从早上等到了下午太阳落山,一粒米饭都没看到,正饿到两眼昏花时有人推门进来。

来人带着一身夏天的味道和声响,抓起她就往外拖,边走边说:"不好意思,把你给忘了。"

方乘回过神,才发现来人是邻风,挣扎了一下:"你要带我去哪儿?"

邻风将她往改装的机车后座一扔,然后长腿一跨,翻身上车,扭了两下车把,"嗡"的一声,机车穿过小巷直奔海边。

向塘是个海滨小城,潮水连天接海,最美的时候就是日出和日落,却不是现在。邻风带着她一路狂奔到海滩的时候,季青书正挥着手臂朝他们打招呼。

  还没等人走近,季青书就上前一巴掌拍到邻风身上:"我说呢,你都喝上了又火急火燎地跑开。"不怀好意地盯着方乘看了看,低声对他说,"不过,你也太不把罗呀放在眼里了吧,这么光明正大地拈花惹草,好吗?"

  邻风没搭理他,抓住方乘的手腕朝烧烤摊那边走,边走边解释:"我们几个每年这一天再忙都要聚聚,你先随便对付着吃点,一会儿结束了,我带你去吃别的。"

  方乘握了握拳,想挣开,却又舍不得。对方手心干燥炙热,温度似乎都能穿透皮肉进入她的血管,然后流进她身体里的每一个角落。

  她小心翼翼地隐藏着那种情绪,生怕被对方一眼看穿,以后就再也不会拿正眼瞧她。

  怎么会变成这个样子了呢?明明对他印象没那么好的啊,不能因为他长得好看就乱了阵脚吧……方乘甩了甩头,觉得自己太过肤浅。

  都是小时候很熟的伙伴,但长到这种年纪,很多都变了样子。季青书在方乘家的那个城市读大学,两人见过几面,其他人,方乘都记不太清楚了。

  不过,今天是他们的聚会,主角不是她,没人会在意她的拘谨。

  "哎,"有人问温邻风,"这么多年了,你是不是该和罗呀有个结果了?"

  罗呀脸一红:"结果什么呀,我还没到年龄呢!"

  有人起哄:"哟,什么年龄啊,我们可什么都没说啊。邻风你还不抓紧点时间,看把我们罗呀急得。"

  邻风没接话,扭头不经意地和方乘撞上目光,点漆如墨的眼睛里含着方乘看不懂的东西。

不过，原来邻风有女朋友了呀。其实也不奇怪吧，听奶奶说，邻风高中毕业就没读了，在向塘除了有那间小网吧，还开了几家烧烤店，生意还不错，虽年纪不大，人却很沉稳。

方乘默默端起面前的杯子，把冰凉的啤酒灌进嘴里，胃一凉，心也跟着凉了。

啤酒瓶碰撞的声音，烧烤摊上零星的火光，还有远处海滩上夜游的人群，在方乘眼中都渐渐模糊。后来有人开方乘的玩笑，说她是一线城市回来的，温婉淑良，果然和他们不一样。

方乘笑了笑，眼前一黑，一头扎进了邻风的怀里。

贴着她脸的皮肤温度很高，还有那充斥着整个夏天都挥之不去的汗味，都是邻风的，她却不讨厌，找了个舒服的角度，安心地睡了。

（伍）

方乘后半夜醒来，肿着一双眼，脑袋是蒙的。

外面客厅里亮着灯，有拖鞋和地板间的摩擦声伴着邻风的声音传来，他像是在打电话：

"不行，她一个人在家我不放心……滚犊子的，你才是老母鸡护食……行了，不说了，我去看看她。"

听到此，方乘瞬间又倒在床上，准备装死。

墙壁上的开关被人"啪"地按下。

灯光一亮，方乘本能地皱了皱眉。

温邻风走过来："醒了？还难受吗？"

方乘摇头:"我没醒。"

邻风轻笑,蹲下伸手摸了摸她的额头:"刚才吹了海风有点发烧,现在还行,退了。"

"你送我回来的?"方乘问。

温邻风说:"不然呢?不会喝还喝那么多,知不知道自己有多重啊?"

方乘的重点是:"你送我回来,你女朋友不会那个啥吗?"

"我什么时候有女朋友了?那个啥是啥?喂,你不会是喜欢我吧?"他支起身体凑近她,"嗯?是不是?"

因为靠得太近,方乘能闻到他身上似有若无的烟草味,她下意识地往后退,头摇得跟不想要了一样。

邻风脸上神色明显一变:"行了,不是就算了。"

他扭身出去从厨房里端进来一杯柠檬水,半温,蜂蜜的量加得也正好。他将水递给她:"你喝完了早点睡,我走了啊。"

方乘却突然抓住他的手腕:"我,你……你能不能不走,我一个人不敢……"

邻风看了看手机上的时间,距离他和邻雨交接还有两个小时,睡是没什么意义了,索性点头答应她:"行,我就在客厅里,不走,你睡吧。"

方乘没放手,指腹贴着他腕上的动脉,感受着它的跳动,忽然就想抬头看看他。

灯光下,高大的身体压迫性地投下一大片阴影在她身上,背光的脸只能看个大概的轮廓,但那个轮廓足以浇灭方乘现在心里蹿起来的火苗。

她下意识地松开了手。

像是在夜里摸索前进的时候，有人突然关掉了唯一的灯光，她的世界陷入了一片黑暗中。

她太普通了，身高、长相都没有出彩的地方，唯一能拿出来说的可能就是还算不错的成绩了。可这又不是考试，成绩没有意义。

她不是自卑，只是找不到能够与之并肩的理由罢了。

就算他那句"没有女朋友"是真的，对她而言，也没有什么特别的意思。他那样的人，应该不会喜欢自己吧，何必承认了给彼此找尴尬。她叹了口气，决定快刀斩乱麻。

后半夜下起了雨，玻璃窗被雨滴打得噼啪作响，窗台上放着的两盆铜钱草承受着夜雨的无声洗荡。

〔陆〕

街头那家卖橘子汁的商店早就关门了。

其实，那橘子汁并不是多好喝，不过就是香精色素勾兑出来的糖分超高的饮料。把它放在冰箱里冰一阵子再拿出来，蓝天碧云下，金黄的颜色，炎热的夏天中午来上这么一瓶，凉气瞬间从胃里直达身上的每一个细胞，酸酸甜甜的味道，也很增加食欲。

在写化学题的时候，不知道怎么的，方乘忽然就想到了那年夏天的橘子汁。打开还没来得及喝一口，就被邻风一把夺下，说她是小学生没有资格喝橘子汁。她想到那个时候的邻风，有点想笑。

明明才初中毕业，个头都还没有完全长开，就学人家当大佬，约着青书他们在向塘横行霸道，欺软也不怕硬，一整个暑假，就没看到

他脸上的伤愈合过。

后来方乘上了初中就没再回来过,不过倒是经常听奶奶说起他,说他在向塘这一片成了个霸王,整天跟人打架,不学好,高中差点毕不了业。

那个时候,奶奶说起邻风总是摇头。不像现在,奶奶对邻风赞不绝口,她口中的邻风,是个懂礼仪廉孝耻的十佳好青年。

门口,有机车轰鸣而来,消音后,邻风提着两盒外卖进来,方乘在纸上写下那道化学题的答案。

"想考哪个学校?"邻风也不客气,直接坐到方乘身边。

外卖是蟹黄粥和几个凉菜,方乘在电话里指名点的。

"还没想好。"她回答。

"想去南方还是北方?"

"想回向塘呀。"

邻风一愣,随即笑了笑:"南大虽然也挺好,不过你的成绩可以上更好的学校。"

"我想回来。"

邻风开玩笑:"为什么?难道因为有喜欢的人在这里?不吹啊,整个向塘你邻风哥我可能是最帅的那个了。说,是不是暗恋我?"

方乘低头,耳根悄悄红着:"就是想回来啊。"喝了一口粥,漫不经心地问,"你和罗呀姐……"

邻风从口袋里掏出一根烟,夹在指间,没点:"就朋友,别听他们瞎说,她不是我喜欢的类型。"

"那你喜欢什么类型?"

"你这样的啊。"

"咳咳……"方乘被粥呛住，满脸通红。

她惊吓过度的样子让邻风有点不知所措，但还是强装淡定地抽了张纸递给她："吓成这样子？我随口说说，不耽误你学习，我走了啊。"

邻风站起来，"咔嚓"一声按下打火机，随后他喜欢抽的那种烟的味道顺着风飘进了方乘的鼻腔里，她有些贪恋。

方乘有点找不到北，邻风那句"喜欢的类型是你这样的"又是什么意思呢？开玩笑的吧！是不是自己表现得太明显了，那点小心思被邻风知道了，他在捉弄自己？她不敢往下想了。

但邻风的那句话，就算可能只是开玩笑，也足够让方乘雀跃到晚上睡着之前。

〔柒〕

接下来的几天，邻风没出现了，外卖都是邻雨送来的，她问了一下，得到了一句"他在补觉"。邻雨说烧烤店准备换概念，要走时尚高端路线，邻风很忙，没空来找她。

再次见到邻风是两周后，青书过生日，请大家在向塘万达唱歌。

推开包间大门，里面的冷气混合着男男女女身上的烟味香水味扑面而来，方乘打了个喷嚏。

有人玩笑道："我们的高才生来了。"

方乘脸一红，只想找个角落坐下。

偏偏，角落已经坐了人。明暗不清的光线里，就是那个轮廓，方乘认出来，是邻风。

紧挨着他的是罗呀,她很自然地靠着他,习以为常的样子。

两人正划拉着手机在看什么,有说有笑。

方乘心里一酸,想起邻风说的"喜欢的类型是你这样的"那句话,果然是开玩笑吧。

方乘唱歌还行,屏幕上跳出陈百强的《偏偏喜欢你》没人唱,她刚准备开腔,却被人抢了先。

是邻风。

他声音本来就好听,像清晨穿透云层的钟声。方乘不想再逗留,只要多看他一眼,就会多喜欢他一分。

再复杂的数学题,只要代入公式用了对的方法都能够得到正确答案。就算是让很多人头疼的物理,她也能考出接近满分的成绩。

可是,面对邻风,她就是个学渣,不仅学不好,连去学的勇气都没有。

开学就是高三了,这个暑假其实并没有多长时间,但也不至于让她这么着急忙慌地赶回去。

只不过是她觉得自己再待下去,随时都会发疯。

她借口上厕所,从包间里出来,躲在门口给爸爸打了电话,让他抽时间过来接自己回去。

不知道邻风在身后站了多久,听到了多少,只是等她挂了电话,回头的时候,他脸上的表情很复杂。

"要回去了?"邻风的声音听起来挺沮丧的。

方乘紧张地将手机塞进口袋:"嗯,快要开学了。"

"呵,"邻风苦笑了一声,"以后就……见不到了吧?"

方乘本来想说,会回向塘上大学,但想来也没什么意义了,还不如就这样算了,于是低着头没说话。

"去过向塘湾吗？没去过吧？新开发的水上娱乐项目，要不要去看看？"

"现在吗？"

"现在。"

〔捌〕

"抱紧我。"邻风说着就把方乘的手拉过来缠到自己的腰上，而覆在她手背上的手也是很久没有移开。

方乘心跳狂乱，小小的、柔软的五指试探着插进他宽厚的指缝中，他没有拒绝，反而回握住她。

机车启动前，罗呀追出来，问他们要去哪儿。

邻风没回话，反而一踩油门，绝尘而去。

夜间降温，山风有些凉，好在方乘的手一直被邻风握着没松开。两旁的路灯在眼前一闪而过，耳边风声很响，邻风的背很结实，腰腹上的肌肉也很温暖。方乘想，如果可以的话，就这样开下去吧，没有终点，也不回头，就他们两个，一直往前走。

邻风好像也是这么想的，他开着车往前走，经过了那个所谓的向塘湾，也没有停。

手里握着的，是他年少不经意留在心头的一个牵挂，鲜活、跳跃，无可替代。

她干净、清澈，像是初春化雪后潺潺的溪水，带着与生俱来的冷清流经他这潭泥池。

他想留下她，可又怕会把她给污染了。

少时夺过她一瓶橘子汁，分明是过期了的，她还是傻乎乎地买了。被他夺走的时候，她明明都快哭了，却还是睁着眼睛不让眼泪流下来。

这么多年了，尽管已经有能力搬离这条老街，可是心里依旧期盼着，如果有一天阿乘回来了，还能再看看她，也就一直住在那里。

他不知道自己有多喜欢她，只是一见到她心口就会发烫，微微地疼着。他想让她留下来，想让她多陪着他，哪怕只是看着她小心翼翼吃东西的样子。

前方是茫然无际的黑夜，渐渐失去了光亮，邻风终于减下速度，有回头的想法。方乘紧了紧手臂，附在他耳边，说："邻风，我可不可以跟你说个秘密？"

她腾出一只手抓着自己胸前的衣服，手心冒汗。

这时，邻风开口了："要说什么，等你高考结束了再说，嗯？"

方乘说："那万一你……"

"不会，我不会跟别人交往、结婚或者怎么样。阿乘，我不是那么随便的人。"

方乘耳根一红，揪着衣服的手开始发抖，邻风果然是知道了自己的小心思了。那他说这话是什么意思呢？

邻风叹了口气，掉转车头："也不知道你这种智商，怎么会有这么好的成绩。你的秘密就是我的秘密，这么说，你能听懂吗？唉，算了，估计你也是听不懂。那我这么说好了，你要是以后真回向塘了，我可以让你上我家的户口本。房产证什么的都写你的名字，我赚的钱全部给你。算了，我这是在用金钱腐蚀你吗？不行不行，你就当没听到，给老子继续保持纯洁，知道不？"

方乘果然还是没懂，就把最后那句话给记心里了。

只是回程的路变得没有来时那么压抑了，方乘甚至都想回家后要给爸爸打电话，说可以晚一点来接她。

〔玖〕

距离市区还有一公里不到的时候，夏天说来就来的暴雨不期而至。

邻风加快了速度，却还是没能躲过，两人淋得一身湿。

凉凉的衣服贴在身上，方乘在雨中细细地回味了一下邻风刚刚说的话，她觉得她大概有点懂了。

他说她的秘密就是他的秘密。

那是不是就意味着，她喜欢他，而他也喜欢她呢？

如果是的话，那该有多好。

心中的窃喜就像七月的雨，浓烈汹涌，铺天盖地。如果不是邻风的手机突然响了起来，她可能就会在雨中跟他表白了。

"喂……你说什么？"简单的两句话说完后，邻风像变了一个人，载着方乘直奔向塘人民医院。

那段路，邻风像是用生命去走的，风驰电掣。方乘有些害怕，却没敢问他发生了什么。

在医院外科大楼的手术室外，邻雨号哭着跟邻风道歉，说自己不应该任性不听话，非要去新店帮忙，没挂牢的广告牌砸下来，要不是罗呀姐过来自己可能就被砸死了。他还说罗呀姐被砸得现在还在手术室，不知道能不能挺过来。

　　方乘想到了很多年前，一样的夏天，只不过那个时候，还有橘子汁可以喝。邻风刚刚考上向塘最好的高中的那个暑假，邻雨每天都一身是伤地回去。后来邻风当了向塘扛把子，邻雨就再也没被欺负过。

　　方乘查过邻风的高考成绩，说不上有多好，但上个大学足够了。

　　可他没有，因为那个时候邻雨小学还没毕业，他需要留在向塘。

　　就像现在，罗呀脱离了生命危险，以后却再不能站起来。

　　邻风说，方乘，我把我的秘密提前告诉你，我的秘密就是，希望你永远开心，希望你能幸福。

　　方乘笑着点头，说我的秘密果然是和你一样的。

　　其实不是的，邻风。

　　方乘离开向塘那天，天气很好。

　　是夏天该有的样子——

　　水满秧齐，山青草绿，日光穿树，她出门，邻风等在那里。

　　他说："我送你吧。"

　　方乘点头走在前面，不知道走了多久，身后传来"咔嚓"一声，邻风打着火机点了根烟，吐了烟圈后，停下："行了，就送你到这儿，我走了啊。"

〔拾〕

　　后来，方乘再想起邻风的时候，也不过一句："你是我藏在心底的秘密，小心翼翼，再不提及。"

小心动

路佳：来，陈老师，给你出道送命题，你现在最缺的是什么？
陈久：陈酒佳酿，我现在不就缺个你吗？
路佳：我打粉了两个小时，感觉还是不太好看……
陈久：我的女朋友怎样都漂亮。

陈酒佳酿，我想吻你

×

Text / 打伞的蘑菇

> > > > 路佳

〔壹〕

到了路佳这个年纪，大家问得最多的就是，有男朋友了没？

路佳每次都笑笑。

答案昭然若揭。

这在大家看来是很奇怪的事情，路佳长得不错，性格又好，工作也挺稳定的，怎么可能还没男朋友呢？

朋友说："我认为是你社交圈子太窄了，整天那么几点一线，你还真以为会有霸道总裁忽然出现在街角拿着大钻戒说我们豪门缺个媳妇啊？"

路佳很认真地想了想，说："不是豪门也没关系，大宅门也成……"

朋友掏出手机给她推荐了三张名片，豪气的样子就像媒婆："任你挑。"

路佳看了一下，为了不辜负朋友的一番心意，仔细地挑了一个。

是一个看头像和微信名让她觉得最没可能的人。

可朋友说："你这眼光就应该去赌石。他叫陈久。"

〔貳〕

路佳觉得加了人家微信，好歹要说句话解释一下。

于是，她发了一条消息，说："你好呀。"

对方回得很快："不好意思，现在有些事情在忙。朋友圈里随便逛逛，别客气。"

路佳愣了一下，又好气又好笑。

这人的朋友圈十分寡淡，平均下来三天一条，而且全是路佳看不懂的跟股票相关的东西。

路佳随便点开一条，也没想到自己居然还认真地看了起来。

她念的是艺术专业，毕业后找的工作也是跟艺术相关的，对金融一窍不通，有些常识性的专有名字还得上网搜。

可是她看完了。深夜两点，她给他发消息，说："老师，我看完了。"

路佳没想到他深夜两点还没睡，他说："为什么是老师？"

路佳觉得他肯定是个工作狂，一般这样的人都没什么时间陪女朋友。她打了个呵欠："因为我看完你的朋友圈，学到了什么是艾略特波段理论。"

那边许久才回了一句："嗯，很厉害，早点睡。"

敷衍！路佳扔下手机，没戏了。

却没有注意到,那像是欲言又止的"对方正在输入中"。

〔叁〕

朋友生日,包了一栋别墅开红酒会。

路佳去得早,没一会儿就喝得头昏脑涨开始说胡话:"我肯定谈过恋爱啊,而且男朋友还挺帅的,我好歹是个颜控。"

"有他帅吗?"有朋友问。

"谁啊?"

路佳回过头,看见一个西装革履的男人朝自己走过来。

她忽然哭出来,干打雷不下雨:"没有……我好惨啊,怎么随便一个男孩子都这么好看,而且还不是我的男朋友……"

她转回来,谁知刚刚还在拼酒的狐朋狗友已经如鸟兽散了。她醉醺醺地东张西望,刚准备迈开步子,脚下一崴,高跟鞋的鞋跟断了。

她身子一倒,幸好被人扶着胳膊接住。

路佳想起自己刚来的时候,朋友说自己的高跟鞋穿着脚疼,强行跟她换了一双。

什么叫帮人帮到底,送佛送到西。

她大概知道接住她的人是谁了。

路佳醉醺醺地面向他。

他有一双很好看的琥珀色的眼睛,看着人的时候,仿佛把人凝结成了瞳孔里的一颗琥珀。

"脚还好吗?"他问。

等路佳站稳了,他的一句话证实了路佳心里的猜测。他说:"我是陈久。"

"你为什么知道是我……"

陈久笑:"你觉得呢?"

这句话说得路佳心里太没谱了。她只是觉得有些晕,脸上烧得有些难受。

"鞋坏了。"他又说。

"没事。"路佳学电视剧里的,利落地掰断另外一只鞋的鞋跟。

那晚,陈久送了她一双鞋。

路佳想推辞。

陈久说:"你穿着很好看。"

"那是因为我好看。"路佳醉醺醺地说。

"嗯。"陈久应道。

路佳想,这人可真臭屁啊,回应都是漫不经心。

〔肆〕

朋友跟路佳介绍陈久的时候,说他是RCA(注册特许分析师),经常忙成一头驴。

可是路佳觉得也还好。

那之后他们微信聊得还算多。

他是那种回复消息很及时的人,甚至连路佳的一句"哈哈哈,我刚刚看见一片像猪的云,所以猪真的会飞"这样无聊的话他也会认真

地回复。

而且后来朋友的聚会上,也经常能看到他。

路佳觉得挺奇怪的。

朋友说:"这有什么好奇怪的,我介绍你俩认识的初衷是什么,是让你俩处对象的。这点你俩也都清楚。而且现在这个时代,你含蓄退避三舍,还不让别人激进奋起直追啦?"

"他也没奋起直追啊……"

朋友白了她一眼:"你怎么傻啦吧唧的,非得听他说句我爱你是吧?"

路佳悄悄看了眼陈久,他正坐在沙发上被围着灌酒,好像是玩游戏输了。

手机响了一声,陈久发消息:"路佳,你过来。"

路佳抬头,回:"为什么?"

"一个人玩有些无聊。"

可你身边那么多人啊……路佳刚想发过去,却看见他旁边的位置是空着的,仿佛是一个缺口。

他们在用手机软件玩"狼人杀",路佳不太会,输了就得喝酒,每次陈久都会自然而然地拿过她面前的那杯。

路佳红着脸想,他到底帮多少个人挡过酒。

最后一局,她手机里跳出一条消息。

陈久说:"××是狼人。"

路佳抬头看向他,又看了××一眼,问:"为什么告诉我?"

陈久回:"你觉得呢?"

路佳撇开话题:"因为你喝到极限了。"

陈久放下手机,看着她,一双眼睛看得她无处遁形。

路佳想,奇怪了,为什么喝酒的是你,醉的却是我?

〔伍〕

陈久的微信号就是他名字首字母加出生日期。

路佳想不注意到他的生日都难,下周三,也是她喜欢的那部电影上映的时间。

他没有说,只是问:"下周三有时间吗?"

路佳打电话跟老板请了假,然后回:"有。"

于是她开始想要给陈久准备一份什么礼物,思来想去也不知道他缺什么。

她问朋友,朋友说:"不知道,我帮你问他了,他说陈酒佳酿。什么玩意儿,该不会让你送茅台吧?"

路佳想了下,去商场给他买了一对袖扣。

然后,她给他发消息,说:"礼物准备好了。"

他回:"我也准备好了。"

〔陆〕

周三那天,路佳很早就起来了,可站在镜子前,要么觉得妆容不对,

要么觉得衣服不搭,弄了一上午。

陈久在约定的时间发来消息:"我到楼下了。"

路佳跑到窗边看了一眼,他的车停在小区门口的花坛边,车窗摇下一半。路佳看见他拿着手机看了一会儿。

然后,她又收到一条消息:"好像看见你了。"

路佳赶紧躲到窗帘后,不知道为什么,忽然有些紧张起来。

她忽然想起之前朋友说,世界上最幸福的时刻,就是和暧昧的人发消息的时候,这个时候全世界好像都是你的。

她看着手机,许久之后,说:"陈久,我其实一直是个不怎么修边幅的人,但是知道要和你一起去看电影之后,我已经在衣柜前站了两个小时了,我在想穿哪件会比较漂亮。我怕我不够漂亮。我浪费了两个小时,只确定了一件事情……陈久,我可能有点喜欢你了。"

路佳发完这一长串之后立马把手机扔到被窝,然后趴在床上,整张脸埋在厚软的枕头里。

身边的朋友同事都说,路佳,我觉得你最近的状态特别好,整个人都闪闪发光的,让人移不开眼。

路佳那时候搪塞说可能最近没怎么熬夜吧。

她现在知道这些归功于什么了。

时间的流动在这一刻忽然变得清晰无比,每一分每一秒都从路佳的心跳声里淌过。

嘀嗒——

不去看,不要看,不想看,肯定是新闻!路佳一边想一边坐起来翻手机,心情像是查高考成绩。她打开手机。

陈久说:"我的女朋友怎样都漂亮。"又说,"要我上来吗?"

路佳觉得，在说出那番话之后，自己好像升到了高空，等待坠落，而这一刻，陈久的回应让她长出了翅膀。

路佳说："好。"又说，"我说的好，回答的是你第一句话。"

> > > > 陈久

〔壹〕

许久未联系的朋友给我发来一条消息，说，兄弟，待会儿有个仙女要加你。

我放下手机，继续看股市行情图。他们也不是一天两天这样操心我的感情生活了，不过大部分都会被我辜负。

〔贰〕

她很晚的时候跟我说了第一句话："你好呀。"

那个时候我正在盯大盘，确实有些忙，但还是拿起手机回复了一下："不好意思，现在有些事情在忙。朋友圈里随便逛逛，别客气。"

我想她应该不会再理我了。

可深夜两点时，我收到了她的消息："老师，我看完了。"

我不明白她的意思，问："为什么是老师？"

"因为我看完你的朋友圈，学到了什么是艾略特波段理论。"

我确实很意外。

我是一个很无聊的人,可没想到这个女孩子用了整整两个小时待在我无聊的世界里。

顿时,我心里软了一块,像是融化的黄油。

我忍了许久,想要聊下去的心却被时间制止,太晚了,女孩子应该早点睡。

〔叁〕

以前朋友生日会的宴请,我一般都会拒绝,因为忙,也因为性格使然。

但是,这一次我选了一套很正式的衣服,袖扣是我去年生日时妹妹送的,我犹豫了一下,摘了下来,挑了一块手表戴上。

朋友看见我的时候笑得不怀好意,朝着她指了指。

我走过去,她却转身对着我哭起来,还差点摔倒。

她问我,为什么知道是她?

大概一见钟情的感觉和那晚心动的感觉,是一致的。

〔肆〕

每个人都是一个缺口,她坐在我身边的时候,我觉得缺口被填满了。

她不太会玩"狼人杀"。

我告诉她，××是狼人。

她悄悄看了我一眼，然后偷笑，问："为什么告诉我？"

我回："你觉得呢？"

KTV的歌里唱到"也许只期待一场欢愉，而我只盼安稳动情"，情歌唱给一千个人，情话说给一万个人。

可是全世界的人，你说的话我能懂，我们有共同的秘密。

会飞的猪。

他是狼人。

其实不是，我只想看你看到消息的时候，抬头对我笑一下。

〔伍〕

周三那天有会，我推掉了。

因为她喜欢的电影上映，她在朋友圈里说好想看首映。

朋友问我缺什么的时候，我才知道那天也是我生日。朋友说，她问我你缺什么，我不知道才来问你的。

缺什么呢？我忙完才记起来回复朋友，说："陈酒佳酿，不就缺个她吗？"

我不确定朋友是不是把原话转达给她了。

而她发来消息告诉我："礼物准备好了。"

她准备好了。

我也准备好了。

以往的生日对于我来说也不过是时间里分秒的转动，而这一刻，生日对我来说忽然开始有了意义。

我终于体会到了他们说的那种，小学生春游前的心情。

〔陆〕

周三那天，我开车到她楼下。

抬起头看见窗边的人影，看不太清，但我觉得她今天很漂亮。

我给她发了消息，说我到了。

而她许久才回，我觉得我可能有点喜欢你了。

……

该怎么说呢，我已经不年轻了，不管是从事的行业，还是度过的年岁，都足够让我在大风大浪面前理智沉稳一些。可是这一瞬间，短短的一行字，却让我自诩的稳重瞬间荡然无存。

像是身经百战宁死不屈的将士，却在她面前轻易地缴械投降。

我想抱她。

想告诉她，你的一点点，就足够让我把我所有的喜欢和盘托出了。

我问她，要我上去吗？

她说好。

可在她打开门的那一瞬间，我又贪心了。

她红着脸，拨弄着自己微乱的头发，说："是不是不好看……"

你永远不会不好看，我没有回答。

因为这一刻，我贪心到只想吻她。

小欢喜

唐慈在梨园捡到一个小红鸭,小红鸭横冲直撞,一不小心就闯进他的心里来。

"您愿意收我为徒吗?"
"你喜欢唱戏吗?"
"我喜欢看您唱戏。"
"不喜欢戏?"
"我喜欢您。"

他是春风和星点

×

Text / 姜辜

"万里何愁南共北,两心那论生和死。"

——《长生殿》

〔壹〕衣袂与神仙

城南有座梨园,离梨园不远处有个包子铺。

包子铺老板夫妇多年前捡了个小女孩,取名"小红鸭"。

小红鸭手长脚长跑得快,整日帮着叔叔婶子往外送包子,一点也不怨怼没有学堂念——因为只有借着送包子的名头,她才能往梨园里跑。

梨园有好看的屋、连荫的树和热闹的台,但挠得小红鸭心痒的,却是台上的人。

尽管她从未瞧过那人的面容。

但只有等那位登台了,客人才会多到一整个三层正厅都坐不下,管事们得敞开门,还得临时加售板凳与站票。也正因如此,小红鸭才能在抱着食盒穿梭过侧厅时，踮着脚偷偷往台上望一望——咿呀悠长的音调，精致华贵的衣袂，若是运气好，还能见到袖口翻飞时，那人雪白似面粉的一小截指头。

没涂指甲油呢，小红鸭想。尽管她从未瞧清楚过，但也笃定台上那位必是神仙一般的人。

又是一记稀松日暮，小红鸭从管事手中结了钱，刚走出园子，便听得身后有人低低骂了句痞话。她回头一看，原来是跟她年纪差不多的糖水铺二小子。

糖水铺有好几家分店，二小子又是老板的独苗，好歹也算半个公子哥，被派来送糖水想必心里是跟他爹怄着气的。

"哟，这是谁招你啦？"小红鸭狡黠地眨眨眼，关心是假，看好戏解闷是真。

"又不是没伙计，非要我亲自来送，还说让我长见识，"二小子不痛快地撇撇嘴，"给唱戏的送糖水怎么就长见识了，给他们惯的——"

小红鸭脚步一顿，又回头看了看刚开始进客的梨园："你每次都给送进去？"

"可不是嘛。金贵得要死，送进去还不够，还得伺候着加冰糖，一颗说不甜，两颗又嫌腻了嗓，碰上不顺心了，兴许还朝我撒气。我多冤啊，也就是我爹舍不得这园子每天都要几十碗，真是钻钱眼儿里了，我看我压根不是亲生的……"

二小子数落起来就没完，但后头的话小红鸭渐渐听不进了。她盘算着一件事儿。

"要不从明天开始，我帮你送糖水？"

小红鸭本就长得清秀乖巧，此刻笑得温顺，一点也让人看不出她有什么坏主意。

二小子皱着眉摆手："算了吧，我可没工钱支给你。"

"谁图你几个破钱了？"

"那你图什么？"

"我图——"小红鸭转了转眼珠子，欲言又止。

每次她都只能停在侧厅某一处等着管事或工头，她进不了正厅，也入不了后院，热气腾腾的肉包子是俗世之物，它生她，可也绊着她。所以她想替二小子送糖水。

她图能送进糖水的后院是神秘的蓬莱岛，她图住在蓬莱岛里的，她的神仙。

〔贰〕糖水与唐慈

可神仙哪是这么容易就见到的呢。

小红鸭替二小子送了大半个月糖水，连片飞起的衣袂都没见着。她也不觉丧气，说书先生嘴里的人物总要经历些磨难才能得偿所愿，她年纪小，觉得日子长得见不着尾，求的又是神仙，自然得慢慢等，等呀等，总会等到的。

"小丫头，那碗特意加了雪梨和枇杷的糖水，得送去那屋——"

管事站在回廊里想着等会儿加售的事，手随意一指，小红鸭却机警地笑弯了眼。可算等到了。原来她的神仙，被藏在了蓬莱岛最后方。

门虚掩着，一指宽的缝隙只够小红鸭心惊胆战地闻一闻屋里头的熏香。

和外头萧瑟的秋意不同，那是一股令人生暖的沉香，可她却不敢迈脚了。她两天没洗头，衣摆滴了油星子，旧布鞋不知踩过多少尘垢，她怕脏了神仙的地儿。可身后的管事嫌她磨蹭，朝里头轻声知会一句后，不怎么客气地将人给推了进去。

小红鸭"近乡"情怯，一丁点踉跄也晃得她喉头发紧，她看见了——她看见神仙正在扮戏，发片贴好了，脸却只扮了一半，比面粉还白的指间搁着一支细长的笔。

神仙也在看她，飞起的眉眼就像雪地上睡着两只即将展翅的春燕。

"神仙姐姐……"

小红鸭似是喝醉了，前两个字绵绵地融在舌尖，后两个字倒是被管事听见了。

"什么姐姐？好生说话，"管事不轻不重地往小红鸭后脑勺上拍了一掌，"这是咱们园子里最有名的旦角儿，唐慈，唐老板。还不赶紧给赔个不是？"

原来神仙叫唐慈。

真好。像糖水一样解渴发甜，又像菩萨一般慈悲好看。可老板这称呼太俗气，着实配不上他。小红鸭抿着嘴，就像在赌气，直到管事被人喊走都没吱过声儿。

"看够了没？"唐慈目光和善，彻底歇了扮戏的手。

"没，没……"小红鸭起初还有些晕乎，但唐慈似乎对她笑了一下，

她便斗胆将没羞没臊的真话倒了出来,"看您的话,看多久都不够的。"

唐慈头一次从小姑娘嘴里听到这种话,却也坦荡:"喜欢看我唱戏?"

"远远地看过,戏票太贵了。"小红鸭红了耳根,"不过您唱不唱戏,我都喜欢您。"

唐慈笑了笑不接话,走到梨木架子旁取戏服:"多大了?"

"十三岁。"小红鸭定定地瞧着唐慈背上那两道突出的蝴蝶骨,又道,"快十四了。"

"不介意的话,你可以叫我哥哥。"唐慈从小学戏,天分极高,人也细心聪慧,"我十二岁第一次上台,下来就有人叫我老板——我愣了好一阵,想,难听。"

小红鸭一怔,这才想起自己是来送糖水的。

她手脚麻利,不一会儿就将瓷碗与汤匙端端正正地放在餐桌上,末了又蹲回食盒旁掏出一个小罐子朝唐慈晃了晃,满眼期待:"还没放冰糖,您要不要放?"

唐慈点头,她便雀跃着献宝,罐子里头是已被磨成粉末状的冰糖,看着格外乖巧。

"磨了多少?累不累手?"

"不多,也不累,"小红鸭小心翼翼地往瓷碗里添糖粉,"每次就磨您一人的量。"

"为何?"

"因为——"她放缓了声音,"我只想着您一人,想让您喝糖水的时候舒心。"

小红鸭过分纤瘦，在唐慈眼里像条杨柳枝。

"杨柳枝"自顾自地说着话："可您好难碰见。不过冰糖粉我也不舍得给旁人，没见着您，我就自己吃了。我费的心思和时间只能给您，再不济，也得兜回自己身上……"小红鸭放下罐子，郑重其事地蹲在唐慈脚边，模样却是没头没脑的天真，"哥哥，您缺不缺个伺候您的人？"

唐慈摇头："我缺个徒弟。"

〔叁〕规矩与师父

唐慈是真的缺个徒弟。

他十六岁出师，刚入园子便名声大噪，想来拜师求艺的孩子没断过，但唐慈自认收徒讲究一个"缘"字，得有眼缘、心缘及机缘。

那些孩子好是好，但总归与他无缘。

"您愿意收我为徒吗？"

小红鸭年纪小，在唐慈面前藏不住心思，先前那句话她揣测不出到底是何用意，便送一回糖水问一次唐慈："您愿意收我为徒吗？"

叽叽喳喳的，倒真像一只小鸭子。

"你喜欢唱戏吗？"唐慈不爱甜口，糖水极少送进他的屋，但自从见了小红鸭与她的冰糖粉后，便也承了这份好意，默许每日一碗。

"我喜欢看您唱戏。"对着唐慈，她说不来违心话。

"不喜欢戏？"

"我喜欢您。"听管事说,唐慈今儿个唱《牡丹亭》,站票都被哄抬了好几倍的价钱。小红鸭不知这是个什么故事,但看着眼前扮好戏的唐慈只觉得牡丹也好,亭子也罢,不过都是来衬唐慈这样的神仙的,"您喜欢戏。所以,我也是喜欢戏的。"

"哪儿来的歪理。"唐慈笑着摇了摇头。

平心而论,小红鸭盘正条顺,又是能吃苦的性子,但十三岁起步着实晚了些,更何况,她还不识字。唐慈并未再作权衡,只道:"你若真的想拜师,明日午后我便来包子铺门口接你。我的师父住在城外,我们徒弟再收徒弟,得先让他满意。"

老师父本事大,心气儿自然高,凡是收徒,总得教人受上几回苦。

唐慈提前知会小红鸭要吃饱,因为一去便得不歇不眠地跪,跪到老师父觉得诚意够了方喊人进屋。可屋里是什么难题全看老师父心情,出来了还得接着跪,期间师兄姐们可随意刁难,直到老师父肯扔出戏谱唱词了,徒弟这名才算堪堪落实。

"不用觉得丢脸,"唐慈在车里安抚小红鸭,"班子里的人都是这么跪过来的。"

小红鸭头一回见戴着宽檐帽的唐慈,怎么看都不知足:"您也跪了很久吗?"

"没有。"唐慈为人和气,再像炫耀的话他说来也丝毫不自满,"是师父看我条件尚可,主动来问要不要跟着他学点本领。"

"那我跪他是应该的。"小红鸭豁然,"谢谢他眼光好,也谢谢他把您教得好。"

于是车一停,她就大大方方跪在了班子门口,一点不在乎周围的探究眼光。

——打量我没关系，但不许挨我的神仙这么近。讨厌。

秋季多雨，日头还未落，天便阴沉了下来。

唐慈想去送把伞，正巧被来厢房送点心的小师弟撞上。小师弟年少老成，说七师哥这做法不合规矩，唐慈也只好笑着作罢。

雨落了一整晚，小红鸭也跪了一整晚。直到老师父用过午饭后，她才被喊进屋里头，可一杯茶的工夫都没到，人就出来了。

隔着回廊与树枝，唐慈看不清小红鸭脸上的情绪，他只好罢了师妹的讨教，亲自走过去看看。

正巧昨儿个的小师弟也抱着手肘子瞧着重新跪下的小红鸭，兴许他无聊，手一扬，便从怀里掏出一本旧书："随便念两句来听个响儿？还没见过你这么快出屋的。"

小红鸭舔了舔起皮的嘴唇，嗓子是没什么问题，可她不识字。

她难得有些犹豫，抬眼间却见一身白袍的唐慈已将书拿在了手里，然后，他走过来，与她并排跪在了大门口——动作很轻，未见一点犹豫。

"这是《西厢记》，你跟我念。"唐慈翻页，对几步开外的惊异视若无睹，"抬泪眼仰天看月阑，天上人间总一般。"

"抬泪眼仰天看月阑，天上人间总一般……"

小红鸭有点想哭，可她眼泪还未落地，里头便率先传出响动。老师父似是扔出了几本戏谱，周围瞬间热闹起来，还夹杂着看好戏的声音："七师哥，师父说你破了规矩，可生气了，说上个月被他养死的金丝雀儿你得负责买两只更贵的来！"

唐慈在笑，小红鸭便更想哭了。

她泪眼蒙眬地看着唐慈起身:"我害您跪下了。"

唐慈不以为然:"师父门前哪有不跪的道理?"

"我害您破费了。"

"是,"唐慈笑意未减地朝小红鸭伸了手,"所以日后你要好好跟着我学认字,好好跟着我学唱戏。等成了角儿,我再跟你讨这笔金丝雀的账。"

"我会好好学,可我不想成角儿,我就想永远跟着您……"小红鸭吸了吸鼻子,又怕唐慈误会她赖账,"但我赚的每一分钱都愿意给您。"

"真大方。"唐慈哄小孩儿似的揉了揉她的头,"那红姑娘现在哭够了没?"

〔肆〕春秋与姑娘

自那一天起,他就叫她"红姑娘"。

叫法温柔,教法却格外严厉。错了的字要抄五十遍,忘了的词要背一百遍,偏了的调要唱一千遍,寻不出任何不妥的动作,她也得没日没夜地练上一遍又一遍。

唐慈每个月会放小红鸭半天假,她便趁着这点小空闲回包子铺稍稍看望一番,给铺子添点物件,但婶子总拉着她掉眼泪,说她越发清瘦,一定是受罪了。

小红鸭每次都摇头。虽然学字和学戏的确让人吃苦,可她又想,唐慈会识字,唐慈会唱戏,她不过是在走他走过的路罢了,更别说她的领路人还是唐慈——这么看来,其实是再大的福分不过了。况且,唐慈从不嫌她笨，也从来没用木棍子打过她——园里别的师父都爱这么罚徒弟。他说，红姑娘大了，知痛，用打的不好。

然而半大的红姑娘不仅知痛，还知起了愁。

——唐慈二十二岁的生日快到了，她没想好送他什么。

唐慈似乎什么都不缺，每每下了台，管事捧到里屋的礼物都有一座小山那么高。他不看重这些，总叫小红鸭先挑，可小红鸭也不稀罕，她最喜欢扮好戏的唐慈，戏服明艳，珠钗清脆。她一闹，唐慈就变成了春风和星点，窸窸窣窣拢在她的周围——能和唐慈闹一闹，是再多金山银山也堆砌不来的。

所以春风才行，所以星点才配。

但百货大楼里没有这两样东西，小红鸭逛得没劲儿，二小子嘴里也讲不出什么好推荐，索性分道扬镳，各自打道回府。

"师父——"小红鸭又惊又喜。她渐渐大了，唐慈也渐渐不再主动出入她的房屋，上一次还是她受了风寒，烧到满嘴胡话，唐慈才撇开"男女有别"四个字在屋里陪了她大半宿。

"您在等我呀？"话音刚落，她又注意到他手边的托盘上叠放着一套全新的戏服，"咦，您又做新戏服啦，真好看。"

唐慈回头，朝小红鸭招了招手："过来试试。"

小红鸭一愣："给我的？"

眼下刚入秋，小红鸭贪凉，身上还算穿得薄，唐慈便直接将新戏服抖落两下轻披在了她身上。

"手抬起来。"他声音很轻，眼睑垂着，细心地给小红鸭系带子，"芽黄色很衬你。一些发片首饰，还有几套新戏服陆续都会送过来。

这些东西往后跟着你,要好好待它们。"

"师父……"

小红鸭嗓子发涩,四肢也迟缓起来。

只能任唐慈带她站立在大镜子面前——镜子完完全全将芽黄色的她和烟青色的唐慈映出来,一前一后,好似一幅颜料还未干透的山水画。

"您这是……"她知道唐慈是什么意思,可她不知道怎么说才好,"您就不怕我没学好,给您丢人吗?"

"不怕。"唐慈望着镜中的小红鸭有些恍惚,她竟已长高了这么多,"你怕吗?"

小红鸭多少对自己有些烦躁地埋怨:"怕。怕别人骂您教出个这么不成器的徒弟。"

"那也是我唯一的徒弟。"唐慈笑了,"而且不是你说,要送为师生日礼物的吗?"

——更何况,你会倾倒众生的。

但不能说,小姑娘夸一夸,尾巴都得翘上天。

唐慈生日那天,园里热闹得像在过节。

小红鸭扎了好几盏孔明灯,还说想给唐慈搭戏,可唐慈没同意,他不许她做配角。

于是他选了一出戏,又亲自替她描好眉。小红鸭安安静静地坐着,两只手叠在膝上,那模样乖得唐慈心头泛温。

"你生日也快到了,想要什么?"

闻言,小红鸭满脸讨巧,她转了转眼珠,正要开口,门外就传来管事催促的声音,她得先出去候着了。抛砖引玉的登台顺序,可小红鸭却欢喜得紧,她巴不得一辈子替唐慈暖场,最好也能替他暖暖手——冬天马上要来了,师父的手总是冰凉的。

小红鸭出声答应管事,没走两步又提着裙摆折返:"师父,我今晚好不好看?"

唐慈点头:"好看。"

她却不依不饶:"有多好看?"

"一直都好看。"唐慈起身,将自己头上的一支钗子送进了小红鸭的发间。这是没道理的举动,《贵妃醉酒》与《浣纱记》的装扮并不相通。可她抿着嘴,屋里的光就快要融进她的眼。她在等他做些什么,而他无法覆灭这种期待,"最好看。"

"师父说错了,"小红鸭拉着唐慈的袖子晃了晃,又悄悄把一小截缎子攥进手心,"您才是最好看的,好看到一丁点儿脸……我都舍不得给您丢。"

鼓点在前厅敲开之后,唐慈才坐回镜子前。

他的袖口被濡湿了,是小红鸭怕到在发手心汗,可她没有食言——她一亮相,便可教众人明白为何他只有这么一个徒弟。

戏和台是偏爱红姑娘的。

当然,他也是。

(伍)远方与归处

门大敞着,还未换下戏服的唐慈和小红鸭正对着镜子擦脸。

"二位辛苦了,这是今天客人们送来的礼物,还请过目。"

管事带着丫头小厮们站在屋外,没得一句应答前,谁都不敢贸然进去。如今日子难过,戏客渐少,梨园内外一多半开支全仰仗这对师徒的名气,自是比先前更客气谨慎几分。

"我的那份让红姑娘先挑喜欢的,剩下的贴补梨园即可。"

唐慈没有回头,只在镜中与管事对看一眼,示意进来无妨。

"我才不挑呢。"小红鸭抿抿嘴,像是在怄气。

她不止一次地跟唐慈提过,既然都说世道越来越难,那就应该多为自己打算,哪怕唐慈平日不用首饰,也不喜奢靡玩物,那换成钱票以防万一也是好的。可他只笑,说这些事无须她操心。

"我的那份说到底也是师父的,全凭师父处置就好。"

所以她怄气,气唐慈光风霁月,气唐慈还把她当小孩看,更气只要唐慈一笑,自己便再说不出反驳他的话——人人都听世道的,只有她听唐慈的。

"百货公司的秦小爷今晚又给姑娘送好东西了。"管事觉出了些许不一般,忙出来转移话题,"姑娘看看,是顶好的红珊瑚手串子,还托我告诉姑娘——"

"不听。"小红鸭粗粗扫了眼丫头递上来的红珊瑚,皱眉道,"那人烦得很。"

按理说,肯送礼的戏客都是角儿眼中的宝,可这秦小爷过分殷勤了,不管小红鸭当天是否登台,他的礼物都在每晚收台后准时报到。东西是连城的贵,托人带的话也是倒了牙的酸。

唐慈却颇有兴趣:"秦少爷说什么?"

"说咱们红姑娘唱什么都好听。"

"人家说的是实话,为何嫌人家烦?"唐慈走到小红鸭身后,不急不缓地替她取满头的珠钗,铃铛作响间,他笑道,"我们红姑娘还真是好大的脾气。"

他似在打趣她,无比亲昵。小红鸭盯着胭脂盒,突然怯得不敢抬眼看镜中的唐慈。

见管事还未走,唐慈又问:"还有事吗?"

"唐老板,那个……"管事搓着手,很为难的样子,"那个堂会的请帖又来了。"

"什么堂会?"小红鸭听了个新鲜词,便也顾不得先前的羞涩,眼珠子直盯着唐慈的脸转,"师父,什么是堂会请帖?"

唐慈言简意赅:"去他人府上或者他人安排的地方唱他人点的戏。"

"想得也太美。"小红鸭愤愤不平,觉得这若成了真,未免太委屈唐慈,从来只有世人去庙里拜神仙,哪有点着神仙上家门的,"任是谁,出多少钱都别想请动我师父。"

唐慈交代不应那请帖后便叫管事出了屋。

而后,他又替小红鸭卸下一块发片,问道:"是真的觉得秦少爷很烦?"

小红鸭瞬间挺直了脊背,她紧张地看向唐慈,张了张嘴,却哑口无言。

"他人不坏,很喜欢你。"唐慈也不知怎样的语气才是最佳,他坐到餐桌旁,像是无意识地拿了一个空茶杯握在掌心,"他向我承诺过,如果这里的太平日子到了头,他可以带你去南京、北平甚至是国外生活,总之会保你这一生安全富足,至于名分一事,他说也可以——"

"师父……"小红鸭怔怔地转头,全身力气只够支撑着她走向唐

慈。她跌坐在他的脚边,压着他的长袍,五脏六腑内皆是翻涌着的伤心,"您答应他了?还是说,您把我卖了?"

"没有。"唐慈的表情不可谓不痛苦,"我没有答应他,但也没有十足的把握能在将来护住你。"

"我不。"小红鸭抬起头,眼泪以惊人的速度淌满她的脸颊,"当年十三岁时我看你,今年十七岁时我也只看你。梨园太平我看你,乱世艰难我也只看你。你活着我看你,你死了,我就选在你边上的地方一起死……唐慈,我人不坏,比全天下的人都喜欢你。唐慈,好不好?唐慈?"

他捂住她潮湿的双眼,无力的心碎感令他不敢再对她细看:"不能说好,但我一定尽量。"

〔陆〕尘世与尘事

堂会请帖在初春时节再一次入园,只不过邀请对象变成了小红鸭。

"要我唱什么呢?"小红鸭不理解唐慈为何面色这样差,神仙不能受堂会折辱,她倒是无碍的,"是哪户大人家?钱给得多不多?"

唐慈将请帖收好,择一回答:"《贵妃醉酒》。"

"这可不好办,"小红鸭半真半假地苦恼起来,"师父这出戏的精髓我没学到。"

"学到了也不能去。"唐慈笑道,"再过两日就是老师父的生日,我们得出城,时间撞上了。"

"能出去玩是再好不过的,"小红鸭先是高兴,后又没来由地想找唐慈讨一个保证，"师父可不能骗我，说好一起出城玩的。"

唐慈没有骗小红鸭。

他带着她从梨园回到戏班，跪在老师父跟前祝寿，也带着她在同门间有模有样地切磋戏艺，谈论小时候调皮或偷懒的往事，还带着她看遍班子附近的每一条河、每一片叶、每一朵花。

"师父，"夜幕沉沉，小红鸭在厢房门口赖皮地扯着唐慈不让走，"戏班真好，像世外桃源。"

"不想回去了？"

小红鸭知道这不现实，但还是故意扮可怜地眨眨眼："可以吗？"

"出了师的徒弟还留在班里会被老师父打断腿。"唐慈笑着理了理小红鸭被风吹乱的碎发，又跟变戏法似的从一旁拿出个食盒，"里头是鱼汤，有鱼子。你喜欢的。"

鱼汤浓郁鲜美，可小红鸭半夜却惊出一身冷汗。她得去看看唐慈还在不在房间。

果然不在。

她听到一颗心分崩离析的声音。

她无法思考，只知道得立刻转身往城内跑，只要她跑得快，一切说不定就还来得及。可是脚下的黑夜太长了，她跑不完，跑不出，也跑不过——腥味灌满她的肺，她哭都哭不出了。

"好像是个唱戏的。"

"天没亮就被丢进这里了，我听打更的说枪声响了好几下呢。"

"给那群人唱戏可不就是找死吗?"

"人家又有什么办法?盯上你了你去不去都得死,不然没完没了生不如死。"

"也不知道是谁,这井这么深也看不见底下……"

……

隔着数十米,小红鸭看见城门口的枯井边缘,挂着一件被撕烂的戏服。她认得它。

她在众人的交谈间幡然醒悟,原来太长的,不是黑夜。他做的一切,她突然什么都懂了。

她不跑了。她缓慢地走过去,然后不顾周遭的讶异,对着这口枯井磕了三个响头。

"小姑娘你是不是……"

有人同她攀话,她却不理。她站起来,拍了拍膝上的灰——哪怕担惊受怕地跑了大半夜,身上已没有一处干净地方,她反而平静下来,因为她知道接下来该做什么。

最后一丝带着暮气的霞光也褪尽了,太阳出来了。

她低下头,将井口边缘的戏服抱在怀里,然后像平时那样,先抖落两下,再细心穿上。

有不明所以的陌生军官拿着长枪朝她靠近,她粲然一笑:"不是要听我唱戏吗,搭台。"

"不唱《贵妃醉酒》,唱《长生殿》。不——"小红鸭一步一步走上城门,风把她的话语和裙摆吹得零碎,"得把我会唱的,都唱完才行。"

第一个头,是磕给"神仙姐姐"的,谢他降临人间之恩。
第二个头,是磕给唐慈哥哥的,谢他善良体贴之恩。
第三个头,是磕给唐慈师父的,谢他悉心教导之恩。
至于唐慈,不必了。
唱完这出戏,便又见到了。
……

十三岁的小红鸭跪在老师父面前。
老师父跷着二郎腿问:"会做什么?"
她跪得膝盖发痛,仰着头答:"会做肉包,会磨冰糖,还会一生一世都喜欢他。常言道戏子无情,可我觉得,得有情,才能唱完一出戏。我做得到。"

二十二岁的唐慈被小红鸭缠着放孔明灯。
"师父,"小红鸭噘着嘴表达不满,"哪有光放灯不写愿望的?"
唐慈好脾气地摊开双手:"没有笔。"
小红鸭欢天喜地跑去里屋拿笔,唐慈却温柔目送孔明灯升空远去。
——想她平安顺遂,想她永葆烂漫,想她人生漫长,却不曾后悔迷恋我一场。
"师父!"小红鸭到底晚了一步,只好委屈地瞧着唐慈,"您许了什么愿望呀?"
唐慈笑道:"不必说。"

Chapter.2
我喜欢的那个人闪闪发光

喜欢你,不管在哪儿
我都能找到你,
并且还在你身上
镀上光。

> ## 小心事

被一个女孩子欺骗了两次是一种什么样的体验?

＋👤 邀请回答　　　　✏️ 写回答

 迅哥　　　　　　　　　　　　＋关注

谢邀，这个问题我很有发言权了。
第一次被骗，当时我还比较稚嫩，因为她错过了一个好机会，心里难免有点不服气，但更让我不服气的是，她当时亲我到底是什么意思，亲完还让我找不到她！
一晃十年，我好不容易遇到了她，她跟我说她叫尔川，和十年前那人都不是一个名儿。后来我又被骗了，我救了她，她偷了我的东西就跑。真是白眼狼。
但还好最后，她没跑太远，我还能追上她。
不幸中的万幸。

十二月又见风雪

✕

Text / 闻人可轻

〔壹〕

十二月,大兴安岭,被雪封山,呵气成冰。

尔川没能跟上最后一批撤离的大部队,滞留于此,一周已过半。

冰天雪地的世界里,非黑即白,差不多长相的落叶松和没啥区别的山体让她毫无方向可辨。

踩出来的路总是会在一转身又被大雪覆盖,既看不到去向,又不能回头找到来路。

极目银白的四周,纯净、沉寂、了无生气。她叹了口气,在脑子里迅速过了一遍自己目前的状况:晕雪,孤身,野兽随时出没,即将粮尽弹绝⋯⋯

天亡我也!

她捏了捏放在大棉衣夹层最里面的金属,艰难地吞了两口稀薄空气,还是决定往前再走一段。

喘着一口吊在嗓子眼的气,她走到了森林的另一边,或者说,是更深处。银白的雪失去了往日的温柔,现在像一把把尖锐的剑插进她的眼睛,她低声骂了一句倒霉,然后使劲甩了甩脑袋想尽可能地保持清醒。可是,下一秒天旋地转,她的手还来不及抓住眼前的树干,整个人就翻倒在地。常年累积起来的枯叶在雪水的浸透下变得湿滑无比,导致她整个人刚刚着地就被雪层下面的枯叶带着滚落下山。

尖叫声卡在嗓子眼根本没有机会叫出来,她就失去了意识。

——弱爆了啊!

——简直弱爆了啊!

——这样也能被选中,简直弱爆了啊!

——现在的"胡子们"要求都这么低了吗,这样也能被选中,简直弱爆了啊!

在大火的烘烤下,尔川恢复了意识,大脑也渐渐清晰起来,那句断断续续的话终于听了个全。

她艰难地将眼睛半睁开来,瞄了一眼周围。正中间是熊熊燃烧的火堆,四周满满当当地围了一圈男人,看不全,所以不知道有几个。从他们胸前的徽标来看,应该是某个特战队的人。当然了,在这种情况下遇见,也有可能是山林犯罪里面最常见的,伪装。

"醒了啊。"轻蔑的语调中掺杂了些许调戏。

接着是哄堂大笑。

是伪装无疑了。

"哎,"有人伸出脚在她腰间蹭了蹭,"我说,长成这样却去当'胡子',是为了什么啊?"

尔川抬眼,脸没动,视线向上看到了居高临下的人,满脸胡楂,身材魁梧。她看了看他叉腰的手,从指尖和衣服的塌陷程度判断出了

他的武力值。

心中大致有数后,她轻轻地活动了一下四肢,发现除了有些麻痹,还能灵活转动。于是在那人低下头进行第二轮的拷问时,她伸出双手将那人的脑袋合抱起来猛地用膝盖一撞,然后迅速翻身,脚将正在燃烧着的火堆踢飞,火苗碰到干裂的木屋,瞬间噼里啪啦地着起火来。

围坐的男人们四散站起,面色惊恐,不知道是先该抓住尔川,还是先抢救物资。

尔川嘴边勾起一丝轻笑,在那帮人手忙脚乱的空当里抓起地上的两把92式手枪,一个倒旋翻滚出了小木屋。双脚陷进松软的雪地,扑面而来的冷空气让她大脑彻底清醒。

尔川不想浪费子弹,只是在那人冲出来妄图再次抓住她之前,开枪在他脚边的树桩上打出了一个窟窿以示警告。然后,她便在那些人手忙脚乱下,踩着雪层下面的枯叶滑向了山下。

身后是一声声响亮的叫喊:"回来,大雪封山,你跑不远的。"

〔贰〕

天色渐渐暗了下来,雪白得不再那么吓人,尔川深一脚浅一脚地踩在上面,偶尔有树梢上的雪落下,扑扑簌簌的,给这万籁俱寂的空气里增添了一丝生气。

完全失去了方向,她顺着树干坐了下来,心想最好明天能出太阳,否则就算不被那帮人重新抓回去,也有可能被饿狼叼走。

想法刚刚闪过,身后便传来了脚踩雪层的声音。尽管那声音极细,她还是在第一时间里通过那东西呼出来的带着浓重腐臭的气味，以及走路时发出的声音特点和步数，总结出来者——食肉目，犬科，有四到五只，群居，团队作战。她一秒钟排除了黑熊和野猪的可能性，那么，在这大兴安岭里剩下的可能就是——狼。

真是怕什么来什么，尔川脚尖用力，后脚跟一蹬，在那群野兽发力之前顺着身后的树干盘旋而上，爬上了树。

头狼龇着牙在树干上撕挠了两下，不能杀它们，只能吓唬或者对峙到底。时间还没有过去两秒，沉静的森林里就发出了"嘭嘭"几声巨响，吓得围绕在树下的那几只狼在头狼的带领下向声源地飞奔而去。

尔川抬头看了一眼声源地，从那里飘来的味道有些呛人。接着一声声黑夜来临之前的嘶号便由远及近地传到了尔川的耳中。

她秀眉一皱，抬目望去，四个身份不明的人正朝她这边飞奔而来，身后是一群两眼泛光的饿狼，她站在树杈上发出了声响。

为首的人闻声脚步猝然一停，抬头，只见树杈上盘腿而坐的人整张脸蒙得严严实实，只露出了一双眼睛，她微微起身用脚钩住树枝眼睛坚定又专注地看着狼群。

"迅哥。"身后传来短促的声音，带着极度不信任的口气，声音的主人怀疑地盯着尔川。

但是，为首的冬迅抬起右手示意停止前进扭身作战。

尔川低头冲冬迅点了点头，五人，一高四低迅速排兵布阵，在饿狼向地面的四人扑去之前，树上的人发声将饿狼的注意力转移到自己身上，另外四人趁机用"现代文明的产物"瞄准那群狼，纷纷射出。

中招的狼分秒间倒下，没中招的扭头就跑，钻进了树林深处。

冬迅向尔川伸出手："多谢姑娘了。"

尔川抓住他的手一跃而下，扫了一眼他们。他们也是全副武装，只露出了一双眼睛，满身风雪看不清胸标，但不出意外，多半也是武装组织，至于合不合法，另说。

"是我谢你们才对，不然，"她喘着气指了指身后的大树，"我今晚就得在那儿挨一夜了。"

冬迅扯下扣在口鼻上的面罩露出了英挺的鼻子，冲她一笑，雪白的牙齿在渐渐暗下来的冷空气里闪了一下。

身后的季名也跟着扯下面罩，不同于冬迅的刚毅英俊，季名的脸白白嫩嫩，眉目清秀，加上一副强壮的身体，简直是小鲜肉一个。

他跨到冬迅前面向尔川伸出手："你好，我叫季名，姑娘怎么称呼？"

尔川后退一步，冬迅一把将季名拽到身后："你们三个去将那几只狼放到前面显眼的地方，它们腿上的麻药很快就过劲儿了。狼是群居动物，它们不会抛弃自己的队友，回头的时候让它们好找些。"

季名有些不乐意："我们三个去了，你干啥？"

冬迅咧嘴一笑，冲着尔川说："我得问问，姑娘怎么称呼啊。"

〔叁〕

"报告队长，"四人当中个子最矮的黑山走到火堆面前打断了冬迅和尔川的对话，"我们只有两顶帐篷，可咋搞？"

季名笑着说："我看起来最干净，小川将就一下跟我挤一挤，你们三个大老爷们就……"感觉自己的话有些不对劲，"我的意思是你们三个粗犷的……"

"行了，行了。"冬迅打断季名，"我们四个挤一挤，小川你一个人住没问题吧，要是害怕的话就喊我们。"

毛球将煮好的面端到他们面前："我说季名，你别搞得跟几辈子没见过女人一样行不行，组织要是知道你在这深山老林里作风不端正，你这辈子都甭想娶媳妇了。"

"毛球你思想别那么肮脏行不行，"季名一巴掌拍到毛球的脑门上，盛了一碗面递给尔川，"我这叫关心爱护女同胞。"

"我看你啊，那叫司马昭之心，"黑山将季名递给尔川的面夺了过去，"而且还是那种特没有眼力见儿的司马昭。"

季名瞅了瞅同时给尔川递面的冬迅，质问："迅哥，不是说这辈子心里只有南沙姑娘吗？你这跟小川献殷勤，南沙姑娘要是知道了，你俩不是彻底没戏了？"

冬迅抹了抹脸，笑着对尔川说："你别听他们胡咧咧，赶紧吃吧。"

尔川笑了笑不说话。

"哎，我说小川啊，"黑山往火堆边凑了凑，"你一个姑娘家家的，怎么一个人跑来这里，多危险啊。"

喝了热汤，尔川觉得自己的身体机能总算是恢复过来了，没说实话："来旅游，跟队伍走散了，后来迷了路就走不出去了。"

毛球仰头将碗里的汤全数灌入腹中："哟，那可坏了，大兴安岭漂亮是漂亮，但越漂亮的东西越危险你听说过没有，特别是这冬季。我可不是吓唬你，不仅有你看到的狼，还有一批不法……"

黑山不动声色地从毛球身后捅了捅他，他领悟立马闭嘴，望着锅："我再吃一碗！"

　　尔川露出了让人察觉不到的笑,扭头却撞上了冬迅那双猎鹰一般乌黑深沉的眼,她使劲咽了一口气继而笑着问:"用雪洗碗吗?"

　　毛球头摇得像拨浪鼓:"你不管,放那里去休息吧,我来。"

　　尔川也不客气,转身走到帐篷里,挑了一个干净温暖的还带着一股淡淡烟草味的睡袋就钻了进去。一时间困意来袭,她只能够将棉大衣里面的那金属握了握就撑不住了。

　　最后钻进耳朵里的是黑山的粗嗓门:"嚯,这姑娘识货啊,一下子就挑中了队长你的。"

　　冬迅低沉雄浑的嗓音:"再瞎说,从明天起你煮饭。"

　　"别不承认了,我们一年到头都见不到一个女人,好不容易来一个还是这么漂亮的,队长你就不心动?"

　　"老子的觉悟能跟你们一样?"

　　"别不是真放不下南沙姑娘吧。队长,这都十年过去了,人家姑娘说不定早就结婚,孩子都会打酱油了,你搁这儿瞎纯情你冤不冤啊。"

　　后来,天地间骤然安静,尔川只觉得浑身被一股不知名的温暖和安全包裹,大半年了,第一次睡了个安心觉。

〔肆〕

　　天刚亮,下了小半个月的雪终于停了,天边迷迷蒙蒙的,似乎今天真的会出太阳。

　　四个大老爷们儿挤了一夜,浑身难受,负责做饭的毛球实在受不了了,早起半个小时从帐篷里钻了出去。

腾了一个地方，冬迅舒展了一下四肢，刚准备找个舒服的姿势再睡会儿就被帐篷外面毛球的尖叫给吓醒了。

三人爬出帐篷，只见毛球指了指另外一顶帐篷："小川跑了。"

他之所以用的是"跑"而不是"走"，是因为尔川离开时顺手带走了一部分他们的食物和水，这性质就有点过河拆桥、居心不良了。

"天哪，这大雪封山，她一个姑娘家又没有方向感，就算拿了我们的食物也走不出去啊，这咋办啊？"毛球皱着眉忧心忡忡。

冬迅跑到另一顶帐篷跟前瞅了一眼："那丫头不傻啊，还把老子的睡袋给带走了。"

"哦，这样也好，至少不会冻死了。"毛球顺了口气。

"你这智商，也就只能做个饭。"冬迅恨铁不成钢，"你以为那丫头真的是来旅游的？你见哪个旅游的身手这么好？"

"探险家也不一定啊。"毛球还想争辩。

"她身上有枪，小伙子。"冬迅弹了弹毛球的脑门。

"你咋知道啊，队长？"毛球问。

冬迅说："昨天拉她下树的时候，在她身上闻到的。"

"啊？"黑山接话，"难道是战友？"

季名听不下去了："是战友的可能性很小，多半是和这次野生动物交易有关的那帮人。"

"我看不像。"黑山摇头，"那帮人现在还在林子里，要是小川是他们同伙的话，昨晚我们还能睡那么安稳？说不定早就一枪干掉我们，领我们的人头去邀功了，不会只拿走食物悄悄溜走。"

冬迅开始收拾东西："别在那儿废话了，太阳一出，那帮人就会找机会下山，我们要在此之前截住他们。"

"哎,"季名上前揉了揉冬迅,"我说你咋这么背啊,每次出现一个让你心动的女人,后果都是被骗。我们这个队的人从来交不到女朋友,是不是都教你给传染的?"

"我再说一遍,"冬迅拧起眉头,"我有过女朋友。"

"好好好,"季名投降,"如果随便亲一下就叫女朋友的话,那南沙姑娘权且就是你前女友吧,但也只能是前女友。"

"那不是随便亲一下,还有……"

突然,背后传来"轰"的一声,毛球拿在手上的罐头还没开封就"扑通"一声掉进了锅里,锅子"咣当"落地碎成了两半儿。

"收拾东西,立刻!"冬迅瞬间将气氛调整到作战状态,顺便指着毛球说,"你最好期待我们今天能收网,否则大家一起饿死。"

毛球哭丧着脸迅速将剩下的食物收拾妥当,四人火速冲向声源地。

不足千米远的高台处,尔川被一群人包围着,打头的人一把夺过尔川手上的枪,接着用力一脚将尔川踹倒在地,语气不善:"把东西交出来。"

尔川头一偏,余光瞄到了不远处雪层下面的四颗脑袋,紧绷的神经略微放松:"想要?那你过来拿啊。"

"×的!"打头的那人大骂一声,然后俯身蹲下扯过尔川的棉大衣,粗粝大手刚探进她的大衣里层,手腕就被她牢牢禁锢。他猛地抬头,最后视线停留在尔川狡黠的目光当中,伴随着干脆又嘹亮的一道骨折声,他一口气没换过来,就倒在了尔川面前。

说时迟那时快,尔川丝毫没给那群人缓冲的机会,抽出打头的那人腰间的枪"嘭嘭"几声给自己扫出了一条退路。

冬迅四人也趁机跑出来,五人配合,围攻者伤亡惨重,剩下几个全部被生擒。

毛球吹了吹发烫的枪口对冬迅说:"这下不用饿死了,队长。"

冬迅绕过毛球走到尔川面前问:"带着我的睡袋,准备去哪儿?"

尔川望了望躺在雪地里的那些人:"对不住了,现在没时间跟你解释,回头有机会,一定登门道歉。"

四人站在原地几乎没有反应过来,再回神,尔川已经消失不见了。

〔伍〕

冬迅做了一个长长的梦,长到似乎醒不过来。

十年前,他还是一个国防生,没有经历风沙磨砺的那张脸还是相当有吸引力的,走在大街上,包裹在迷彩服里的那具身体说是行走的荷尔蒙一点也不夸张。

大二暑假,他凭借非常不错的平时表现参与了一次国际军事竞赛,地点就在中国的南沙群岛。

满天满地的蓝色空间里,日光倾城,金色沙滩在海岸线无限绵长。

那次竞赛分为两组——兵和匪。

为期一个月,在这一个月里,海岛上的物资有限,兵匪双方除了要尽可能地守卫和找到更多的物资之外,还要排除异己,最后,哪一方"存活"的人数最多获胜。

竞赛过半,在一个暴雨袭击海岛的午后,冬迅在那场风雨之中遇到了南沙姑娘。

姑娘只穿着一件黑色背心,双腿被一条宽大的军裤包裹,光脚站

在他的面前。

她额前的头发被大雨冲散，有雨水顺着头发往下流，皱着一双秀眉，睁着一双湿漉漉的眼睛正盯着他看。

姑娘说她遇到了"匪"，差点"身亡"，挣扎过程中鞋子弄掉了。如同大多数被荷尔蒙支配的年轻男女一样，冬迅毫不迟疑地选择相信那姑娘。

在剩下的半个月里，他对她照顾有加，找到的所有物资都优先给她。

然而，竞赛终止的那天早上，冬迅发现自己被捆绑住，那姑娘正穿着和他截然对立的服饰站在他面前。她拿了他的物资，没用一点力气就将他打成了手下败将，而他甚至都不清楚发生了什么。

可能是出于歉意，那姑娘临走时蹲下身来抬起冬迅的下巴象征性地亲了他。

竞赛结束，冬迅自然没有拿到什么好成绩，本来要是他在这次竞赛中能获得好成绩就可以直接去他喜欢的部门报到的，因为她，机会就此终止。

其实，冬迅哪来得及恨她，压根连继续跟她相处一下的时间都没有，从此不明不白地挂念着人家，遇到再好的，都入不了眼。

他用了长达十年的时间来印证这一观点，只有更深露重的时候，他才能仰望星空，回忆流连在心中，那姑娘长长的头发、乌黑的眼睛，还有像云一般绵软的双唇。

回忆至此，接下来是一阵彻骨的寒意，满满地侵占着冬迅的身体，他猛地睁眼："季名。"

季名回："队长，怎么了？"

"这帮猎捕珍稀野生动物的人交给你,你带着毛球和黑山立即下山复命。"

"你呢?"

"我去找小川。"

黑山眉头一皱:"这偌大的林子,你去哪儿找她啊?"

季名说:"我和你一起去。"

"没听见我说的吗?"冬迅严肃起来,脸上总有一股让人生畏的冷劲,"万一在路上遇到了他们的余党埋伏怎么办?"

"可是……"季名还想再说些什么。

冬迅已经起身往回走:"两天后,要是我没回来,你就当队长。"

(陆)

停了一天雪的森林,到了深夜,寒气全部升上来,尔川哆嗦着往前走,在心里估测了眼下的温度,至少得在零下二十摄氏度,可能还要往下。她再次摸了摸棉大衣夹层里的金属,那是一个 U 盘,里面有"利是"集团参与珍稀动物走私的犯罪证据,以及最近这批珍稀动物关押的地点。

这是她半年卧底的心血,而当务之急,是要在那批动物被宰杀之前将它们解救出来,然后将手上掌握的证据移交相关部门,之后她这一次的卧底任务才算圆满结束。

寒冷之外,她觉得自己有些缺氧,她选择了一个树干靠着,一眼望不到头的森林里,处处都是危险,为什么要走上这条路呢?

  一个看着挺文静的姑娘，怎么就成了一名出色的卧底呢？她已经记不得自己有多少个名字、多少个身份了，也记不清真正的自己到底是什么样的，只是这些年，偶尔停下来的时候，脑海里总是会出现那个颀长俊武的身影。偶尔，只是偶尔，她想到他时，心里会涌现出一丝丝包裹着甜腻的歉意。

  可是现在，并不是想这些的时候，其实无论任何时候她都不该再去想那个人，从她走进这个隐秘部门的那天起，她就该明白的，这一生，不能有牵挂，不能回头，甚至不能有自己。

  如果没有意外，"利是"集团会在天明之前派直升机直接来这人烟稀少的大兴安岭进行大规模的动物屠杀，然后将他们需要的"部分"放到直升机上带走。

  她的时间不多了。

  她从"利是"集团撤离的大部队中逃走留下的时候有了晕雪症，关押动物的那个山头被大雪覆盖，这样找起来简直无异于大海捞针，何况她现在随时都会倒下。

  冬迅沿着下山时的路重新上山，不管是出于道义，还是出于一个军人内心深处的责任感，把一个姑娘扔在冰天雪地的原始森林都是不可取的。

  好在雪已经停了，他回到之前与尔川分别的地方，虽然当时的场面极度混乱，但好在其中只有她一个女人，而女人的脚，绝大多数都比男人的小很多。

  他蹲下，仔细辨认，顷刻之间便找到了尔川逃离的方向。

  昼短夜长的深冬，黑夜漫长得像是不会有黎明。跋涉在这幽暗的寒冷的天地间，冬迅心里产生了从未有过的慌乱。现在再去回忆当初的那个南沙姑娘，所有的印象都被这眼前的鹅毛大雪覆盖变得混沌不清，而记忆犹如森林里枯败的树干，被时光刻上了无数道深刻的痕迹。在这段悠长邈远而又无可奈何的岁月里，每每说到南沙姑娘，其实已经不是特定的那个人，而是一段青涩交织的往事。

这么去想的时候，他又总觉得突然出现的尔川，和那姑娘在某些方面影影绰绰着相互重合，所以，他回头来找她的真正原因，可能连他自己都说不清楚。

黎明即将到来，所有沉寂被一道惊天的爆炸声打破，冬迅止步抬头，只见东北方一片通红的火光灼烧着冷白的天空。

他继续向前，爆发出了此生最强的力量，饶是如此，等他终于抵达，还是看到了被对方拿捏在手上折磨的尔川。

两架直升机停在火光之外，一伙人安静地站着，一个冷酷的男人冷哼一声："敢偷老子的东西，你是活得不耐烦了吧！"

尔川肿着一只眼，露出了不屑的笑容："有本事，你就动手杀了我，想让我把东西交出来，做梦去吧。"

闻言，冷酷男人抬手使劲扇了尔川一耳光，身后松树上的雪被这清脆的响声震落在地。

冬迅轻轻抬起右脚，在军靴里掏出三枚飞刀。他找准角度，夹着刀柄的修长手指绷得紧紧的，然后在冷酷男人朝尔川打出第二个耳光之前将飞刀直直地射向其中的三人。

只听三声惨叫，尔川睁开一只还能用的眼，电光火石之间，她看到了冬迅朝她奔来的身影。一时间雪花在枪声中疯狂腾飞，她眼前模糊一片。

突然间，她总觉得是回到了十年前，在那个海岛上，浓郁茂密的

雨林气息，裹挟在盛夏午后的清风中扑面而来。

那个朝气灿明、俊美十足的少年向她伸出了手，他对她说，你好啊，我叫冬迅，你可以叫我迅哥。哎，你叫什么名字啊，你也是一个人对不对，那你跟着我好了，我保护你啊。

〔柒〕

日出前的激战把这片森林的宁静彻底赶走，毕竟寡不敌众，冬迅也只顾得上将尔川救下，然后带着她迅速下山。

"不行，"在半道上，尔川恢复力气，"我不能走。"

"听迅哥的话，你有什么仇什么怨都等着以后再报，现在逃命要紧。"

"现在逃了，那些动物……"

冬迅突然停下："你说动物？"

"对，就是最近报道里凭空消失的那批珍稀野生动物，我现在要是走了，它们全得死。"

"你是什么人？"

尔川的晕雪症已经严重到没有办法看清面前的景象了，她从棉大衣夹层里掏出那个像钥匙一样的金属U盘递给冬迅："我用我这十年过往赌一把，赌你是个好人，如果你救下了那批动物，记得帮我把这个U盘交给山下'来往'客栈的老板。"

"你呢？"

"我不行了，走不动了。"

说着，尔川便顺着冬迅的身体倒了下去。

冬迅眉头一皱："你说你不行了是什么意思，你到底是什么人啊？我怎么知道你说的都是真的？"

"求你，救救它们。"

冬迅握紧了手中的那个U盘，咬了咬牙，心想要是再折回去，刚才那帮人虽然伤亡也很严重，但他没有队友，情况是不一样的。

可看尔川的表情，也不像是在骗他。他们奉命上山，只是要来阻止那帮捕猎野生动物的人，但他万万没想到，那帮人或许只是一个幌子，而真正的幕后黑手其实已经得手，并且在此建立了一个屠宰场。

"好，"冬迅起身，"我答应你，一定把那些动物救出来，但是你，你一定要在这里等我。"

尔川点了点头。

看着冬迅一点点走远的身影，尔川苦笑着说了一句"傻瓜"。

〔捌〕

季名看着眼前被雪覆盖的麦田："队长，不是我说你，能被同一个女人连骗两次，你这智商是怎么当上我们队长的啊？"

冬迅不说话。

黑山低头擦枪："至少啊，心心念念了十年，终于见着了不是？"

毛球嘿嘿一笑："别灰心队长，小川心里肯定是有你的，不然，不会把你十年前在海岛上的帅照设置成U盘的头标。"

冬迅不说话,伸出右手将烟从嘴角拿走,然后将其扔到地上用脚使劲蹍灭,接着头也不回地往回山的路走去。

季名、黑山他们见事情不对,连忙上前问:"老大,你这是要干啥啊?"

冬迅灵活地闪开他们的手:"我得上去找她啊,躲了老子十年,一出现又给老子下套,心里寻思啥呢!"

黑山说:"老大,别人没等你,那肯定是有不能等你的原因是不?再说,你也说了当年那是个军事竞赛,她能去,想必也不是一般人,你再上山找,你找啥呢?别人说不定早就走了。"

冬迅没理会黑山,对他们三个说:"她走不了的。"

冬迅猜对了,尔川没有走,晕雪之后失去了意识,滚到其他地方了。冬迅冒死回头救下那批动物,脱身时差点丢了半条命。又沿路下来找尔川,他没有找到她,第一反应也是她走了。他火速下山,找到了"来往"客栈,老板在电脑上插入U盘,他偷瞄了一眼,没看到内容只看到了那个头标。

十年前,在海岛,他还是个小鲜肉,照片是南沙姑娘给他拍的,说是以后留个念想。

"你就是这样念想的?"冬迅回山的速度甚至比上山时还快,回到了他们分开的地方。那里有激战过后的缭乱,缭乱当中的沉寂,沉寂背后的无望,他不能大喊,也不能请求支援,这只是他个人的悲伤而已。

那个夏天,在海岛,浓郁的海风,倾城的日光,还有尔川身上清淡的花香,她像跟屁虫一样,一会儿见不到都不行,他也总是笑着从她身后跳出来,然后呈上他找到的物资。

他不知道的是，尔川不是有意要骗他，她父母在恐怖分子那里卧底被囚禁，若她不在那次的竞赛中脱颖而出，她就没有办法成为那个隐秘部门的成员，也就无法去救她的父母。

她第一眼就相中了冬迅，他有强健的身体、锐利的目光、聪颖的头脑，所以她打晕了一个"兵"，换上其衣服，鞋子太大，她干脆光脚。她知道自己的优势，只要"征服"了冬迅，她就能赢。结果没有让她失望。

冬迅不后悔，也没有因为她骗了自己就对她恨之入骨，甚至在竞赛结束后，他还打听过她，找过她，或者说，一直在找她。

可是尔川，再也没出现过，一晃就是十年。

〔玖〕

深夜将至，丛林里除了恶寒，还有动物求生的嘶鸣声。

冬迅只能再找她一夜，之后他必须回队里复命。

踏着深雪朝着无望的方向走去，在背风的林子里，他撞上了几双闪闪发光的眼睛。群居、团队作战……

冬迅咽了咽口水，伸手摸向军靴里仅剩的一枚飞刀，可就在这个时候，那几只狼却转了身，向前走了几步后，又回头，样子像是在带路。

冬迅将飞刀重新插回军靴里，跟着那几只狼一路向前。

不深，但足够容纳一个人的雪洞里，尔川双眼紧闭，一只狼卧在她身边，像是在供暖。

见到冬迅,狼头嘶吼一声,群狼离去。

冬迅使劲按住正在扑通乱跳的心脏,小心地走到尔川身边将她抱起走向山下……

"迅哥。"这是尔川醒来的第一句话。

冬迅将烟掐灭:"我在。"

"还能站在你面前,真好。"

冬迅已经不是当年那个青涩的少年,他靠近尔川时,身上全是男性成熟的气息,淡淡的烟草味、温暖干燥的手掌、沉稳有力的胸膛,他伸手抚上尔川伤痕累累的脸:"我一直在找你。"

"我知道,"尔川抓住他还停留在自己脸上的手,"每当我身处危险时,你总是正朝危险里来。这十年,我见过你,无数次。"

冬迅一愣:"那你,那你怎么……"

"我所在的部门,皆是无名者,我们没有名字,没有过去,不想将来。"

深夜像一条看不见的幕布,将大地紧紧包裹,这逼仄空间里,空气像凝固了一般将冬迅的胸腔塞得满满当当。尔川伸手钩住冬迅的脖子,如同多年前的那个夏天,用绵软的双唇安抚着冬迅那颗炙痛的心。

"不能停下来吗,我保护你啊。"

尔川起身:"总得有人来做,你我的事,哪一个停得下来?"她走到门口,"你看这世界,光明处总是暗藏杀机,有了我们,黑夜外,才能柳暗花明。"

冬迅知道自己拦不住她,他只能起身看着她推门而出,他问:"没有归期,对吗?"

"对。"

"不知去向是吧?"

"是。"

"好,"冬迅使劲扯起嘴角笑了笑,"我知道去哪儿找你。"

你在危险旋涡的正中心,而我,正朝你奔赴而来。

小日记

第一次见他,我喊他"流氓";第二次见,我也喊他"流氓"。

可是"流氓"是怎么溜进我的世界里呢?

我觉得他是一个很奇怪的人,同时也是一个很神秘的人。

他总是在我最需要的时候出现,连我自己也来不及反应。

——颜秋

我比她想象中还要早认识她一点。

从她在我哥家里当钢琴老师的时候开始,我当时万事不关心,却偏偏爱上了钢琴曲。

当然,我还是更偏爱弹钢琴的那个人。

慢慢接近她的时候,我发现她比我想象中的还要神经大条。

所以,那么需要保护的一个人,我怎么舍得离开她。

——贺寻

幸免于你

Text / 打伞的蘑菇

〔壹〕

第一次见你是在那栋老银行大楼后面的居民楼前，摇摇欲坠的老式楼房，交错的电线上挂着花色的床单和几件洗得发黄的旧衣服。

几个小孩子趴在地上弹弹珠。

你穿着黑色短袖、大裤衩子，脚下还踩着一双黑色的夹板拖鞋。你朝我走过来。

我不确定你有没有在吹口哨。

只是那么一瞬间，你快要走到我跟前的那一瞬间，我下意识地把手上刚买的零食扔在了你的脚边："流氓！"

我甚至没来得及看你的脸就跑了。

我怕你真的是流氓，顺应流氓本性想要非礼我；也怕你不是流氓，平白被骂，忍不住想要揍死我。

可是你要明白，女孩子多点防备心没什么不好。因为我总是一个

人，我必须足够谨慎才能保护好自己。

虽然你是后者。

〔贰〕

第二次见你是在我公司楼下。

你穿着一件黄色的短袖，慵懒闲散地坐在路边的摩托车上。

这次是我主动走向你的，我说："外卖……"

你抬起头。

这确实是我第一次看清你的长相，瞳色很黑，皮肤白得发亮，额前的刘海像是睡久了自然翘上去似的，恰好露出一双舒朗的眉。

我觉得，你长得有些好看。

"叫什么？"你抬眼。

"颜秋。"

"手机号。"

"1523876×××。"

"我叫贺寻。"你慢悠悠地勾起嘴角，笑，"不过不好意思啊，我不是送外卖的。"

我能感觉到清晰的羞愧与愤怒，像是高温下温度计的刻度一样缓缓上升。

"有意思吗？"

你反倒假装无辜："我以为是你先找我搭讪的。"

我确实被你气到说不出话来，而且我也不会骂人，最后依然是那两个字,"流氓!"

说完,我转身跑开。

走进电梯的一刻我才记起来,我见过你。

〔叁〕

一年前,我还是一个培训机构的钢琴老师。

许沉的公司跟我的公司在一栋楼。他带领着一个年轻的创业团队,不过一年就买下了这栋写字楼最好的三层楼。

他年轻优秀,集才貌、涵养于一身。

像是所有灰姑娘的故事一样,我不否认我对他的好感。

我喜欢在电梯里的那短短几十秒的时间里,望着他平整得没有一丝褶皱的衬衣领发呆。

"几楼?"

"十二楼。"

我们每天都会有这样的对话,而那天大概是我红鸾星动。

他继续问:"艺术班的老师?"

"嗯?"我抬头看向他,反应过来,"嗯,教钢琴。"

他低着头,像在回味:"有时候听到,很好听。"

后来他邀请我去他家做他妹妹的私人钢琴老师。但这份工作并没有持续多久,因为我很快被他女朋友赶走了。

那一天我是非常狼狈地从那座宛如城堡一样的别墅回到我的贫民窟的,路上遇到了一些不好的事情。

不过,都过去了。

最后一次见他是在医院门口,他摇下车窗跟我道歉。

我说"不用了"。

他"嗯"了一声,迅速关上车窗,扬长而去。

我在原地站了会儿,然后就看见了你。直到现在,你身上还是有那种张扬而又肆意的少年气。

说难听点,就是有点痞气。

你骑着摩托车稳稳地停在我面前,朝着我笑,说:"十块钱,追上他,走吗?"

原来这才是我们第一次见面。

〔肆〕

其实你一直都住在我楼下。

那栋又老又旧的房子早早地被盖了个红色的"拆"字,可是两年了都没见动静。每天做着发财梦的老房东始终不肯修一下我租的那房子里摇摇欲坠的窗。

那天早上,窗户上的玻璃掉了下去,落在楼下那户人家的阳台上。

我去道歉的时候,没想到开门的是你。

你双手抱胸靠在门框上,在我开口之前说道:"再喊流氓试试。"

我那个时候觉得你是一个很奇怪的人。

因为你明明看起来痞里痞气,可又莫名地让我筑不起任何防备心,甚至还感到亲近。

"你住这里?"我问。

"不然?"

"不好意思……我是来跟你道歉的……"

"哪件事儿?"

"玻璃。"我愣了一下才回答,因为我不确定我还有哪里得罪你了。

你看了我一会儿,似乎是故意想让我难堪,又或者脸红。

我不准备和你斡旋下去,说:"你没事的话……那我先走了。"

"就这样?"你忽然开口,拦住我,"颜小姐,我可不是一个好说话的人。"

"那你想怎样?"

"我饿了。"

于是,你成功地赖了我一顿饭。

那餐饭吃得不算太好也不算太差,你吃饭的样子让我觉得自己厨艺非凡。可你吃完了擦擦嘴只说了四个字:"盐放多了。"

〔伍〕

那以后你经常来我家吃饭。

哪怕有时候我因为太忙点外卖,你也会坐在餐桌对面。

我们好像成了朋友。

可是这个时候的我对你依然是一无所知,甚至不知道你的年纪、

你的职业。我只知道你叫贺寻。

你说:"除了名字,我本来就一无所有。"

你经常编一些不切实际的身份背景出来骗我,如离家出走的大少爷、被背叛的商人、逃跑的囚犯、濒死的绝症患者。

最后,你说:"一个傻子而已。"

我觉得我有些明白,因为你编了无数种悲惨的感情故事,亲情、友情,却独独不说爱情。这大概也是你最忌讳的一面。

我也不知道为什么会问出来:"那个……你很喜欢她吗?"

你看了我一眼,不答反问:"喜欢有程度吗?"

那天是我同事生日,被灌酒也是在所难免的事情。我酒量不好,很快就喝醉了。

然后我给你打了电话,我不记得我说过什么。

只记得你长腿阔步地从人群里走来,那么多人,你就朝我走来,让我觉得有一种宿命感。

你一把将我从人挤人的沙发上捞起来,然后半拖半抱地带我走出那个地方。

其实,在看见你的那一刻,我就意识清醒了,只是有点站不稳。我靠在你身上,嘲笑你今晚穿得好奇怪。

因为我从来没有看见过你穿正装的样子。

你说刚参加了婚礼。

我第一反应是你喜欢的那个女孩子的婚礼,却不知道为什么心里有些难受。我笑着说:"你是我见过的第二个能把西装穿得不像卖保险的男孩子。"

"第一个是谁？"

"是……许……"

"好了。"你打断我，还威胁我，"你说出来试试。"

〔陆〕

那之后我有一个星期没有看见你了。

我不知道你去了哪里。

有一次，我问起住你对面的阿姨的时候，她却反过来警告我别跟你走太近。

我不明白，她说你一看就不是什么好人，而且前两天前面老银行大楼的金库还被盗了。

我向楼下小孩子问起你的时候，他们也都避之不及，说你被宇宙英雄击败了。

我觉得好笑，因为我第一眼见你的时候也是这么觉得的，你是天生的反派。

但我这个时候忽然想到一句歌词：他出发去找最爱，今生未回来。

我发现我开始有些害怕，可我不知道我在怕什么。

你是一个星期后回来的。

那天我用钥匙一打开门就闻到一丝酒味，我不知道你为什么会有我家的钥匙。你就这么躺在我的沙发上，半条腿悬在外面。

我走过去，蹲在你面前。

我看了你许久,就像是再也见不到你了一样。

出于恶作剧心理又或是报复心理,我在你脸上画了一只猪。

画到最后一笔的时候,你忽然抓住我的手,把我往怀里一带,你说:"别闹。"

比起羞涩,这一刻我其实更加生气。我想问问你,你把我当成了谁?

我想挣开,可是喝醉了的你力气很大。

你忽然开口,声音喑哑,你说:"你记得你喝醉那天打电话跟我说了什么吗?"

"贺寻,你流氓。"我试图阻止你,可是你丝毫不为所动。

"你说喝醉了什么都不想,就想我。"

"我没说,不是我说的。"我说。

"颜秋。"你越发抱紧我,在我耳边低声呢喃,"我也是,喝醉了什么都不想,就好想你。"

"……"

"颜秋,我说不定比许沉要好很多,你要不要试试看?"

〔柒〕

我家很少会有人来敲门,连你都是拿着备用钥匙理直气壮地直接进来。

更别说敲门的是警察了。这让我无比心慌。

老楼前面是老银行大楼,后来银行搬迁,前面的楼就废置了,但是银行的金库还在。

　　警察来的目的和那天楼下阿姨说的一样,有一个犯罪团伙试图潜进金库被抓,但是有一条漏网之鱼。警察说有目击者看见嫌疑人当晚爬进了这栋老楼。

　　路过的阿姨和大叔停下来听了个大概,七嘴八舌地开始议论。

　　"我看就是楼下那年轻男人,他是突然搬过来的,金贵得看起来就不像住我们这里的人,还整天无所事事,不是在策划抢银行是在干什么?"

　　"不是的……"

　　我想解释,可是大家的矛头立马指向了我。

　　"这女孩子最近和他走得近,估计是得到了什么好处,她肯定会包庇他!"

　　……

　　我已经有些听不清他们在说什么了,只觉得大脑一片混沌。而你是劈开混沌的一道光。

　　"吵什么?"你站在楼梯口,手上还拎着我让你去买的排骨。

　　"贺寻……"

　　你走过来,把我护在身后,跟警察说:"我跟你们走一趟吧。"

　　大概太过在意一件事或者一个人就会变傻。我想我这辈子最后悔的事情就是那天拉住了你的手,问:"你做什么了?"

　　你看着我的眼睛,眼里有一丝难以置信,最后自嘲一笑:"你觉得我做什么了?"

　　我不知道,你之前编的那些身世、消失的一周,还有闲言碎语,在我脑袋里缠成一团。

你不等我说话,把排骨递给我,说:"不用等我吃饭了。"

〔捌〕

我没想到我会再遇到许沉,在派出所门口。

他说:"好巧,我是来接我弟弟的,他遇到了点麻烦。"

我花了好久才反应过来,原来许沉是你哥哥。

原来……

许沉说,你在我去你们家教你妹妹弹钢琴的时候就认识我了。那个时候的你叛逆肆意、玩世不恭,却爱上了听钢琴曲。

但是,你知道我喜欢许沉。

虽然在我听来很荒诞。喜欢和有好感是不一样的,这是遇见你之后我才明白的道理。

许沉的女朋友也这么觉得,所以她把我从头到脚羞辱了一番之后,把我从你家赶了出来。

然后我遇到了人贩子,被拉上了黑车。

是你追了一路,最后撞向那辆车救下我。我只知道是一场车祸救了我,却不知道你昏迷了一天才醒。那以后你搬到了我家楼下,在我看不到的地方送我上班,接我回来。

直到我们终于"顺理成章"地相识。

我醉酒那天也是银行金库被潜的那天。

你正在参加许沉的婚礼,接到我的电话之后来到了我身边。幸好你来了。

　　那晚，嫌疑人爬到了我家。你以为仅仅是小偷而已，下手没有轻重地揍了对方一顿之后，打了120，将其送入了医院。

　　医院也没有想到他是企图潜入银行金库的嫌疑人，也以为只是个小偷，所以在处理完伤口之后将其交给派出所做偷窃未遂处理了。

　　我们都误会了彼此。

　　我以为你参加的是你心里的那个女孩子的婚礼，而你以为我喝醉是因为许沉成了别人的新郎。

　　所以你离开的那段时间里，跟许沉坦白了这些。

　　我从来没想过，你会像一个骑士一般一直保护着名不见经传的我。而我此生，终不能离开你了。

　　我没有进去，在派出所门口等了许久。

　　你和许沉一起出来，朝我这边看了一眼。

　　我以为你会和他一起离开，所以不敢去看你，直到熟悉的气息停在我面前。

　　我抬头，有些想哭："你是个骗子。"

　　你看着我，许久之后，说："算是。"又说，"还是个会抢银行的流氓，所以你下回再遇见我这样的人就跑吧。"

　　"好。"

　　你的眼神好像瞬间变得有点危险，你说："再说一遍。"

　　"好。"

　　"想清楚了？"

　　我点头的一瞬间你却压着我后脑把我按在你怀里，你咬牙说道：

"你是不是只会说好?那让你嫁给我呢?"

……

"算了……"你松开我,"不和你开玩笑了,回去吃排骨。"

"好。"

这次是我主动靠向你,我抵着你的胸口。你大概不知道我回答的是哪个好。

所以我格外认真,仿佛对着你的心脏宣誓般说:"贺寻,我比你想的还要更喜欢你一点。你要不要娶我试试看?"

小星球

沈柯黎
5月2日 00:00 来自微博 weibo.com
我想站在她身边，想保护她，想要和她在一起。

☆ 收藏　　　转发　　　评论　　　👍 527

慕漖星
5月2日 00:00 来自微博 weibo.com
郎骑竹马来，绕床弄青梅。

☆ 收藏　　　转发　　　评论　　　👍 1223

黎明拥抱星光
✕

Text / 游溯之

〔壹〕故人遇

慕溦星站在人来人往的俱乐部门口,虽然口罩、帽子和墨镜全副武装,但是亭亭玉立的身姿还是让小猪一眼就认出了她。

"溦星姐。"小猪从人群中挤过去,低声叫她,"这边,跟我来。"

电梯门缓缓关上,慕溦星摘下墨镜和口罩,笑着说:"每次都是你来接我,麻烦你了。"

小猪嘴上应承道:"不麻烦,不麻烦……"小猪瞥了慕溦星一眼,慕溦星朝他绽出一个笑容,眼神似乎在问:怎么了?

小猪脸一红,继续对着电梯门面壁。

慕溦星走进训练室的时候,明显感觉到气压极低。旁边的小猪也不敢再嬉皮笑脸,小声跟慕溦星说:"溦星姐,今天老大本来是不参加训练的,是让青训队和别的俱乐部训练来着……但是老大看了一场觉得表现不行,要亲自上场指导。"

那个男人在她刚进来的时候就转过头看了她一眼，随即就面无表情地转过去了。他似乎总是这样，只要她一出现，就能第一个发现她。

不过，发现了还是熟视无睹的样子是怎么回事啊？

慕漱星脸上的笑容微微有些僵硬："没关系，那我等一会儿也行。"

"您今天不忙啊？"小猪一边将慕漱星往老大的休息室带，一边说，"训练赛应该还要挺久的。"

她默默想了一会儿，感觉自己每次来都会因为各种各样的理由被拖在这里等，而且来过三四次都没谈过正事儿，简直匪夷所思。

小猪一边输电脑密码，一边跟慕漱星说："姐，我帮您把老大电脑开了，您坐着玩会儿电脑吧，每次都让您干坐着等真不好意思……"

明明是老大惹的祸，伏低做小的却都是自己，小猪的内心简直是崩溃的。

慕漱星笑着说："没事儿，反正有时薪拿。"干坐着就能拿高薪，还不知道是多少人的梦想呢。

沈柯黎从电脑上移开目光，透过敞开的门，他看到慕漱星站在休息室门口笑着和小猪说话。

有这么多话说吗？沈柯黎冷哼一声。

其他几个青训队员就看着自己的老大莫名其妙地在游戏里被对手围殴致死。

沈柯黎收回目光看到的就是黑白屏幕，他静默了一会儿，说："视野呢？跟你们强调多少遍了，没有视野就会被对手这样蹲。"

明明是你自己梦游好吗！几个小队员一边悲愤腹诽，一边连连应是。

果然那位来了，老大的心就飘走了啊……

  待小猪离开后,慕潋星坐在了沈柯黎的电脑桌前。沈柯黎的电脑桌面很干净,除了游戏、系统图标以及一个署名为他的游戏ID"Moon"的文件夹,就没其他东西了。

  她把鼠标放在文件夹上,却没按下去。应该是和游戏相关的文件吧,或许还是俱乐部机密什么的,不打开为妙。

  百无聊赖地靠在沙发上,过了一会儿,慕潋星眼皮就打起架来。

  慕潋星醒的时候,沈柯黎就站在她面前。

  她吓了一跳,坐起身来,身上的薄毯就滑落到地上。

  面前的男人似乎完全没有意识到他的所作所为对她脆弱的心灵造成的伤害,一双漆黑如墨的眼睛瞅着她,看不出什么情绪。

  两人面面相觑良久,沈柯黎先开口了:"小猪给你开了电脑……你没乱点开什么看吧?"

  怕她窃取商业机密?慕潋星有些瞠目结舌,以她的身份,居然会被怀疑做商业间谍?

  "你别误会,只是有些东西……不太方便让你看到。"沈柯黎补充道,"没看就好,一起出去吃饭吧。"

  慕潋星迟疑了一会儿,问道:"之前你们经理跟我说的纪录片……不是找我来商量细节的吗?"

  什么纪录片,根本没有这种东西。沈柯黎心里暗暗想,面上却波澜不惊:"纪录片的事儿不急。那帮小孩儿训练了一下午,都吵着要吃饭,下次再说也不迟。"

  两个月前AG俱乐部的负责人联系她的经纪人,说他们俱乐部准备投资一部电竞纪录片，觉得她很适合做里面的女主角，请她前来洽谈。并且还要求她单独前来，不要被人发现，提前走漏了风声，因为他们想搞个大新闻……

慕潋星没拍过纪录片，电竞行业又方兴未艾，况且 AG 俱乐部承诺只要她来，每次都按拍电影时薪的两倍给她结算工资。经纪人和她一琢磨，就拍案应下了。

但是，如今几个月过去了，她白拿着工资，正事儿一点都没商量。她不仅无颜面对经纪人的询问，连自己的良心都无法直面了。

"白拿这么多工资，还总跟着你们蹭饭，这次我请你们吧。"慕潋星面带歉意，"我知道有个不错的日料馆……"价格也很不错，能让她的良心变得不那么痛。

"他们不习惯那种地方。"沈柯黎果断拒绝，弄得慕潋星有点尴尬。

"那……我请你们去吃海鲜大餐？就是没有提前一天订，可能菜品不会那么全。"

沈柯黎看了她一会儿，说："既然不全有什么好请的？今天还是跟我们吃饭，明天再请吧。"

慕潋星蒙蒙地点头："明天……明天也行。"

答应过后她才暗自懊恼，怎么就这样被牵着鼻子走了呢？她一个当红小花，约饭应该要比登天还难才对。

饭局的结尾，一群集训的小孩儿都有点醉醺醺的。

小猪傻乎乎地笑着说："潋星姐来好啊，每次来我们都能下馆子……"

旁边的队员应和：

"对对对，经常来更好，经常来我们老大——嗝……"

"说起来我们老大——都单身二十多年了……"

怎么从她就扯到沈柯黎单身去了呢？慕潋星有点愣。

旁边的沈柯黎站了起来，跟她说："出去走走，包间里闷。"

慕潋星看他眼神清明，表情也一如往常，就跟着站了起来。

两人站在酒店外面，沈柯黎靠着墙点烟，打火机点了几次都不着。他抬起眼看慕潋星，淡淡问道："你今天晚上回哪儿？"

"我还有个在影视城的夜场要赶，一会儿直接去片场。"就他们俩在一块，慕潋星有点不自在。

"我送你过去。"沈柯黎将烟拿在手里，一阵冷风吹来，扬起了他眼前的刘海，他的眼神晦暗不明。

慕潋星哆嗦了一下："不用了，一会儿助理开车来接我。"

沈柯黎低下头，看手里被捏成一团的烟卷，心里有些烦躁。

"慕潋星。"良久，他看向她，她抱着手臂瑟缩地站在墙角。他轻笑了一声，"故人重逢，你何必这么怕我？"

害怕吗？其实也不是……慕潋星讷讷地说："就，我们也不熟，有太多牵扯不好。"

沈柯黎觉得有些可笑。他把手里的烟扔在地上，慢慢靠近慕潋星。

"我们认识十三年了，你说我们不熟？"他弯下腰来，鼻息掠过慕潋星的耳朵。

慕潋星僵在原地，一动不动。

他慢慢直起身，看着慕潋星闪烁的眼睛，把她的头发轻轻撩到耳后："那你跟我说，什么才算熟？"

或许她一家都铁石心肠，更或许是她从未将他放在眼里过。

"慕潋星"这个名字在他唇齿间藏了八年。终于能见到她,看到她对自己笑,终于能叫她的名字……可是他的期盼在再见那一刻就落空了,她笑容客气又礼貌,她好像完全忘了他,但是她对他比对别人还要疏远,他就知道她还记得。

那个挤满了他的所有回忆的女孩,八年后和他重逢,跟他说,他们不熟。

〔贰〕掌中星

所有的队员都被车上的低气压吓得战战兢兢,气压的中心就是他们的老大。

大家拼命用眼神暗示刚刚在饭桌上乱说话的几个人:快点认错啊!你们想让我们一起被老大"冻死"吗?

那几个人也用眼神回复:我们不敢,你行你上啊!

不过沈柯黎并没有说什么,下了车,他对他们说了句"好好休息"就走了。

"恋爱会使老大这样的钢铁直男也变得柔软吗?"青训队员看着老大的背影感叹。

沈柯黎坐在休息室里,手撑着额头发了一会儿呆。

许久后,他坐起来,手握鼠标点开了那个名为"Moon"的文件夹。

Moon,守护在星辰身边的月亮。

她出道这么多年以来所有的发布会、表演、综艺、电影,包括路

人街拍,都被他放在这个文件夹里。

今天下午他看到电脑开着简直想把小猪打死。说实话,虽然想方设法地让慕潋星来俱乐部,但是他还没做好被她知道自己心事的准备。

所幸慕潋星并没有看。

或许看了呢?他眸光明暗交杂。但是,她还是装得像没事人一样,或许她根本不在意他的感情,就当是一阵风吹过去了。

他瞥了一眼慕潋星坐过的沙发,眼前闪过一个亮亮的东西。他定睛一看,一串挂着粉色星星的钥匙躺在沙发缝里。

他拿起钥匙,定定地看着那颗粉色星星。

慕潋星,你想装作风过无痕,哪有那么容易?

沈柯黎驱车赶到慕潋星所在的片场时已经接近深夜一点了。

他从经理那里问来了慕潋星经纪人的电话。经理本来都和周公相会了,硬生生被沈柯黎吵醒,但还是敢怒不敢言。

慕潋星的经纪人有点奇怪沈柯黎大晚上专程来给慕潋星送钥匙,还说要亲自跟慕潋星商量点事。但是人家都到了,她也只好叫助理去接沈柯黎进来。

慕潋星的助理一路小跑到了路边,待沈柯黎停了车后,他愣愣地看着从车上下来的男人。

"月神!"小助理一脸激动,"真的是你吗?啊啊啊……我是你的超级粉丝!"

带沈柯黎进片场的一路上小助理都在喋喋不休自己有多崇拜沈柯黎,看了多少遍沈柯黎的比赛。

她的助理是他的粉丝,她知道吗?沈柯黎有点想笑。

"大神，你在这儿等一会儿，要不我给你搬个凳子来？潋星姐在拍戏，估计这场过了就能过来见你。"到了片场外围，小助理停了下来。

他摆摆手表示不用。小助理就一步三回头，恋恋不舍地跑回去工作了。

从他这个角度正好能看见慕潋星。应该在拍一场夜雨的戏，慕潋星穿着一条无袖的白裙子，浑身湿透了。

夜风吹过来，他都觉得有点凉。

沈柯黎默默看着慕潋星走下来，立刻有一群人围上去给她披浴巾擦头发，经纪人在她耳边说了什么，她露出一个惊讶的表情看向这边，接着跟他们摇了摇头，捧着热水走了过来。

"你来给我送钥匙？还有事要说？"慕潋星站定在他面前，露出一个疑惑的表情。

他看着慕潋星披着浴巾，连衣裙紧贴在身上，勾勒出曼妙的曲线。他咳了一声移开了目光，将钥匙递给了她。

她接过钥匙却没说话，似乎在等着他提起所谓的"事"。

他看着眼前这个女孩，她嘴唇冻得发紫，却还是站得笔直。

"冷吗？"他开口道，声音却异常沙哑。

慕潋星愣了一下，笑了："其实还好，至少是夏天，冬天拍这种戏才真是冻死……"

她那么高傲又尖锐的人，怎么会成了明星呢？

是他没有保护好她吧，才让她在颠沛流离里磨平了棱角。

好想抱抱她……沈柯黎抬起手，却僵在半空中。

周围全是人，小助理还一直痴汉脸盯着这边。他有些懊恼地收

回手。

慕潋星被他抽风一样的动作惊呆了,她抿了口热水,小声说:"没事了的话,我就回去了,你也早点休息吧……"

他猛然伸出手压住了她的肩。

"不要走。"他说,"慕潋星,别走。"

别再走了,他已经可以让她依靠了,别再离开他身边了。

"我哪里不好?"他的声音从没这么轻过,轻得好像风一吹就散了。

慕潋星甚至以为自己幻听了。她怔了一下,随即笑着说:"你说什么呢,你这么成功……"

"别这么和我说话。"他看着她,眼睛是前所未有的亮,"求你了。"

"慕潋星,我们认识十三年了,求你别再把我当个陌生人。"他来之前以为自己应该会是霸道冷酷的,至少也是顾着面子的。但是现在他却低声下气地跟她讲话,"如果我没有不好,跟我试试吧。"

慕潋星收起了笑容,心底全是酸涩的复杂情绪。她垂着眼说:"我几年前就拒绝过你了……"她的声音又细又小。

他不知道该怎么说,他从来就不是个善于表达的人,只好重复道:"就试试,不行的话我就放手。"他的手掐得她有点疼,她微微蹙起了眉。

她许久不说话,沈柯黎就看着她,也不说话。

"潋星,说好了没啊?快吹头发换衣服准备拍下一场了——"经纪人的喊声一下子惊醒了沈柯黎。

他把手放下来,说:"对不起……"他有些慌乱地想退一步离开,她却拉住了他的袖子。

她的眼瞳波光盈盈,张了张口,半晌吐出一句话:"路上小心。"

胸腔内乱跳的心似乎被她的手安抚下来,他莞尔道:"早点休息。"

这样就足够了。这么多年的爱意和想念,他的女孩需要时间来消化。

〔叁〕少年梦

慕潋星躺在床上,回想起沈柯黎之前的话时还是有点晕乎乎的。

她和沈柯黎……若是回想起来,真没有什么可圈可点的浪漫回忆,他怎么就会惦记了她这么久呢?

她和沈柯黎是小学的时候认识的,那时候沈柯黎是她的同桌。

沈柯黎父母去世得早,每次家长会都是奶奶来。后来他奶奶身体每况愈下,到了五年级就没人来给他开家长会了。

那时候慕潋星的父亲正准备投资慈善事业,资助一些贫困生。她就跟父亲说了沈柯黎的情况。

除了沈柯黎,父亲还资助了几个与她同校的贫困生,但她只跟着父亲的秘书去了沈柯黎家。

那是间低矮的屋子,光线昏暗,窗子上布满污渍。看到秘书的时候,沈柯黎的表情有些防备,但当他看到她的时候,脸上的表情又一下子明亮起来。

如果是因为当时的一饭之恩,那他应该喜欢她爸爸才对啊!

慕潋星摸了摸下巴,何况后来,资助还撤销了……

她意识到沈柯黎喜欢她的时候在高一。

那时候她刚刚进入高中,就有一个学长对她死缠烂打。情人节那天,学长在她宿舍楼下摆心形蜡烛。

然后莫名其妙地,沈柯黎就和他扭打在了一起。楼下一阵骚乱,她赶紧冲下楼去。

沈柯黎毕竟从小放养,损事儿没少干,因此一阵扭打过后学长倒地不起,浑身挂彩。沈柯黎却基本没什么事,即使被她拉着,目光还是恶狠狠地盯着地上的学长。

事后学长的家长找到学校来要个说法,沈柯黎没家长,还是她父亲的秘书出的面。

后来是怎么回事来着?好像就是从那天起,两个人的关系彻底破碎了。

那天,父亲的秘书对她说,让她去沈柯黎家跟沈柯黎奶奶聊一下沈柯黎的事情,让他把心思放在学习上。秘书最后的表情有些意味深长,跟她说,如果沈柯黎依旧因为某些感情做出不合适的事的话,资助就可以终止了。

所谓的"某些感情",她自然心知肚明。如果这是一辆通往错误目的地的列车,那么就让她来切断那条错误的轨道吧。

然而,他看到她时还是挺高兴的样子。

她皱着眉头说:"我一点都不喜欢你,沈柯黎。"

没头没脑的一句话,没给沈柯黎任何的缓冲时间。

他呆在原地,脸色苍白,像暴露在阳光下的雪人,无法移动,只能等待融化。

她进来时没注意到空空如也的床铺,当她看到桌上的遗像时,表情不啻被雷劈过。

慕潋星其实一直对沈柯黎抱着一点愧疚感。

她本以为那时的沈柯黎像狂蜂浪蝶一样肤浅，可意外的是，直至今日，他似乎仍对她怀抱感情。

沈柯黎今天中午登录慕潋星的粉丝论坛时，看到了一个置顶的新视频。

"今天最新的直播视频到啦！内有福利，勿舔屏。"

视频发布的时间是十点左右，慕潋星应该是昨天拍完夜场，没睡多久就来赶通告了。

她被主持人要求跳一段新电影里的舞蹈。她穿着一件宽松的低领衬衫，她一斜肩，一边的衬衫就从肩膀滑落，露出雪白的肩头和蕾丝花边的吊带。

慕潋星笑了笑，很快把衬衫拉了起来。然而这时弹幕已经疯狂得一发不可收拾。

沈柯黎想起她昨晚穿的白裙子，湿漉漉地贴在身上。从他的角度看，能看到她精致的锁骨，被水清洗过似乎还泛着水光，还有她优美的胸线……

要命了……

沈柯黎深吸一口气，甩了甩头，好像要把脑海里绮丽的心思甩出去。

高一那年，慕潋星在拒绝沈柯黎不久后就转学了。他变本加厉地打架、逃课，整天泡在网吧里打游戏。他那时只是很简单地期望慕潋星会因此来看他，让他有机会可以认真地向她表明心迹。

可是,他没有等到她,只等到了资助终止的通知。

在这之前他刚被战队经理人看中,经理人说他很有天赋,假以时日一定能成为顶尖的选手。

他逃了一下午的训练,也在慕溦星家门口站了一下午。夜幕来临,更深露重,他从台阶上下来,觉得骨髓里都是冷的。

他没有等到任何人,更没有等到慕溦星。

再见慕溦星是两年后。他和队友通宵训练完出来,戴着帽子和口罩。队友迷迷糊糊地撞上了她,她回过头来,脸上皆是防备。

她没有认出他,而是快步走开了。她的学生证掉在地上,而她没有发觉。队友捡起来要追上去,沈柯黎伸手拦住了他。

学生证上她的照片带着微微的笑意。他透过低矮的帽檐看着她的背影,她的马尾随风扬起,和无数次在梦里凝视的影像重叠在一起。

过了一个月,他才鼓起勇气来到了慕溦星家门前。透过雕花铁门,院子内花草凋敝,凌乱不堪。保安大叔走过来,奇怪地问他:"小伙子,你来找人吗?这家的房子两年前就卖掉了,早就没人住了。"

他打听到两年前慕溦星的父亲去世了,接着公司破产,以资抵债,慕溦星就转去了寄宿制学校。

他心疼她这两年不知道吃了多少苦,也自私地庆幸她从云端跌落,让他有机会将她庇护在自己的羽翼下。

自此以后,他更加刻苦地训练,拼命地往高处爬。

十九岁的时候,他带领战队接连斩获高校联赛、城市联赛的冠军。很多大战队邀请他加入,他选择了新建的 AG 战队。因为 AG 战队总部在北京,慕溦星的大学就在北京。

然而 AG 的成绩并不理想,全国赛连续两年止步四强,队长失去信心而退役,创始人也将战队转卖。那时候他看不到自己的未来,却看到慕潋星的身影出现在了城市各处的广告牌上。

出道即巅峰,她荣光加冕,他却如坠深渊。

还好,最苦的日子他都挨了过来。

他得到了无数的赞美和荣誉,以至于终于可以再见到她。

他不能再失去这次机会了。

〔肆〕意难平

第二天,沈柯黎如约来接慕潋星去和小队员们一起吃海鲜大餐。饭后送走了小队员们,慕潋星坐上了沈柯黎的车。

她等着沈柯黎开口,结果半晌他都没有开口的意思。

沈柯黎莫不是反悔了吧?

她偷偷侧过头,打量沈柯黎的侧脸。他高挺的鼻梁和扇动的睫毛。

她其实也很想他。青梅竹马的朝夕相伴,她怎么可能不动心?

那时候的疏远更多出于胆怯。害怕沈柯黎只是把感激误认成喜欢,更害怕他不过是一时兴起,根本经不起时间的考验。

沈柯黎开车的方向似乎不是她家的方向,她犹豫道:"你……是不是走错了?"

正好遇上一个红灯,他转过头,脸上流过斑斓的霓虹。他对着她勾起一个笑容:"我想带你去一个地方。"

求婚吗?这样的进展是不是太快了……她红着脸,脑子里乱七八糟,回过神来的时候沈柯黎已经帮她打开车门,请她下车了。

她看向面前高大宏伟的建筑,脸一下垮下来。

体育中心?这是要宣扬全民体育吗?

他跟门卫打了招呼,带着她进了体育中心。看到她局促不安的表情,他安抚道:"别担心,我不是带你来健身的。这边有电竞场馆,我在这里打了好几年比赛了。"

他用钥匙打开了某个房间的门,灯光亮起来,竟然是他们战队的休息室。

慕潋星走到一堵墙面前,上面贴着的基本都是沈柯黎拿奖时的照片,不过他似乎不太开心,很少露出笑容。

沈柯黎低咳一声,走到她身后:"不知怎么就特别想带你来这里……想让你知道我这些年都做了什么。"

她一张一张地看过去,高校联赛、次级联赛、春季赛、洲际赛……每一张她都清楚出处。

"我每次站在领奖台上,都想着,你要是在台下就好了。"他轻笑一声,有些羞涩,"想让你看到,我已经是独当一面的男人,而不是当年那个只会闯祸的男孩了。"

她猛然回过头,眼瞳晶亮,脸颊烧红:"沈柯黎,你真是个傻瓜。"

到了她的公寓楼下,沈柯黎看着她,目光温和:"你没考虑好没关系。"他顿了下,"昨天是我太着急,我可以等你想好,一星期、一个月、一年都好。"

这么多年都这样过来,等待对于他来说已经是司空见惯的事情。

她的脸庞染上淡淡的粉色,她胡乱"嗯"了几声,就忙不迭地打开车门跑了。

所幸第二天沈柯黎就赶赴上海准备国内联赛的总决赛了，慕潋星因而有时间来梳理自己慌乱的心绪。

慕潋星刚结束了一个访谈，就接到了小猪的电话。

"潋星姐，不知道你方不方便，但是老大不喜欢别人碰他的私人用品……"原来是上海的天气有点凉，沈柯黎没带合适的衣服，也不爱穿别人挑的衣服，让慕潋星去他家里收拾几件衣服给战队经理。

沈柯黎现在这么龟毛了吗？慕潋星暗自嘀咕，可是她和他也没什么关系啊！真的！

话虽这么说，慕潋星还是跟经理一起去了沈柯黎家里。

经理坐在客厅里，慕潋星一人进了卧室。沈柯黎的东西很少，一眼看上去空荡荡的。

她瞥了一眼床头柜上的相框，当即愣在了原地。

那是小学时候交际舞决赛的合照，她拉着沈柯黎的手站在第一排，笑容张扬。右下角夹着她高中毕业后丢失的学生证，上面的照片都有些模糊了。

她的心底又涩又甜。她能想象到他曾多少次抚摸这张学生证上的照片，带着怎样温柔的目光，就像他时隔多年再次看到她时那个目光一样。

他一直都是这样看着她，还好，她终于明白了他眼神里的情意。

坐上目的地是上海的飞机后，慕潋星还在苦思冥想自己是怎么被骗上飞机的。

好吧，其实不是被骗，是自己主动要来的。

　　她收拾好衣服带到客厅的时候,听到经理在和医生讲电话,语气十分苦涩,谈论的是沈柯黎的病情。
　　她问经理沈柯黎怎么了,经理就愁眉苦脸地摇头。
　　可能她还沉浸在刚才的感动里无法自拔,冲动地推掉了随后所有的行程,订了和经理同一班的机票去上海看沈柯黎。
　　当她见到沈柯黎的时候,深深感觉到了这个世界的恶意。
　　沈柯黎就是感冒了而已,经理你干吗一副绝症不治的表现啊!
　　美其名曰让她来保证沈柯黎的比赛状态,经理和队员一溜烟全跑了,屋子里只留下她和沈柯黎。
　　看着沈柯黎不住低咳的样子和苍白的脸色,慕潋星也不忍心走了。她蹲在他面前,他的手就放在了她的脸上。
　　"你偷偷藏我的学生证多久了?你从哪里偷的?"
　　沈柯黎轻轻地笑了,眉间的温柔几近溢出:"如果能偷的话,我应该更想偷你的心。"
　　慕潋星脸一下子红了,她把头埋进他的手心里:"在一起吧。"
　　被撩了的慕潋星简直口不择言,把沈柯黎都搞蒙了。

　　总决赛开幕式直播的时候,慕潋星作为选手家属被安排在了第一排。而主持人采访的时候正好挑中了她,她戴着口罩和帽子,像一个猥琐大叔一般回答完了采访。
　　慕潋星低估了自己粉丝的力量。关注电竞的慕潋星的粉丝一下就认出了慕潋星,相关帖子一发布,点击量就几万几万地往上涨。更多的细节被挖出,粉丝还从以前比赛的视频里截到了慕潋星在观众席举着 AG 牌子的图。

实锤了——"当红女星慕潋星竟然是 AG 战队的狂热粉丝"。

此刻在后台，小猪看着"慕潋星""AG 战队"为关键字的热门话题，张大了嘴巴。

"老大，原来大嫂这么喜欢我们战队啊，她以前怎么不跟我们要签名呢……"

沈柯黎看着那些模糊不清的截图，有些甚至来自五年前，他刚加入 AG 的时候。

他笑了笑，说："她只喜欢我。"

〔伍〕启明星

今夜注定是个不眠夜。

AG 终于打破了无冠的魔咒，月神终于获得了第一个全国总冠军。无数粉丝心潮澎湃，激动得彻夜难眠。更令他们难眠的是月神在赛后发布会上的言论。

"想问一下 Moon，决赛时你的状态非常好，有很多精彩操作，能透露下做职业选手这么多年，是怎么保持这么好的游戏状态的吗？"

沈柯黎接过话筒，刚要开口，突然偏过脸笑了一下。

底下的记者都震惊了，月神居然笑了，以前他拿 SOLO 王的时候都没笑，简直千年一遇好吗！

"我能保持这么好的状态，除了感谢我的队友和教练，还与一个人有莫大的关系。"沈柯黎拿着话筒，表情有些羞涩，"我年幼丧母，继而失父。彷徨无依时，她给了我对美好的全部想象。"

那时候他衣服破旧,手也脏兮兮的,交际舞比赛没人愿意和他搭档,他孤零零地站在原地,旁边是嘲笑他的同学。她拉起他的手,攥在掌心里,朝周围狠狠瞪了一圈。

想起往事,他的眼神越加温柔:"想站在她身边,想保护她,所以一步步走上来,为她而努力……最后,想在这里,借由直播向她说,我们结婚吧。"

当晚,当红女星慕潋星发布了一条微博,娱乐圈和电竞圈都因此轰动。

"郎骑竹马来,绕床弄青梅。"

微博下是一张奖牌的照片,上面刻着"AG 战队 Moon"。

> 小确幸

我喜欢的人成了偶像。
从零开始慢慢变得发光闪耀。
我好骄傲啊,我好喜欢他啊。

———姜宁

隔壁那个偶像,等等我

×

Text / 茶泡饭

〔壹〕

要输,不能输气场!

这是姜宁来到这里所学习到的重要一课。

她打量了一下四周,小粉丝们都站在安全线外,眼睛一直盯着明星宿舍到便利店的那段路。她轻声笑了笑,从包里掏出一个喇叭,按了两个键,随时准备着。

明星宿舍的门打开了,几个穿着黑色羽绒服的男孩子裹得严严实实地出来了。与此同时,人群开始沸腾,姜宁一只手抱着自己面前的大树,避免自己被人群推到后面,另一只手紧紧抓着自己的喇叭。

这裹得黑咕隆咚……鬼知道谁是谁啊!

激动个屁!

而下一秒,当她看到走在最后的一个黑衣人口袋掉出来的猪猪挂件时,她激动了。

她手忙脚乱地按下喇叭上的按键,刚想对着喊,喇叭里自动传出一阵极大的声音：

"收破烂！冰箱，彩电，洗衣机，电风扇，热水器……"

周围莫名地安静了三秒钟，姜宁抱着"收破烂"的喇叭急得满脸通红。

关闭键到底在哪儿？

就在这样紧张的情况下，姜宁稀里糊涂地被挤了出去……

姜宁忍不住冲着那群把她挤出来的人说了句脏话。她占那个位置占了六个小时，去图书馆占座都没那么费劲，现在居然还被挤开了！她的导师要知道她不花六个小时写论文，而是跑这里来追星，肯定会对她翻白眼。

该死的肖燃！

粉丝们依旧激动不已：

"宝贝，多吃点！你看你都瘦成什么样了，妈妈心疼。"

"楚君萧，加油！我们永远支持你！"

"宋子昂，你以后多来几次便利店吧，我们一直在等你！"

……

粉丝喊了一圈硬是没有一个人喊肖燃。姜宁此时更烦躁了，眼睛盯着那些男孩子的背影，手径直向下按去，录音停了！

姜宁眼睁睁地看到他们要转弯，脑子里什么都没想，一股脑地冲向了最前排，对着喇叭拼命喊："肖燃！以后上节目别哭了！是真的丑！"

肖燃原本跟同行的小哥哥有一句没一句地搭话，听到这样的话硬是让他脚步一顿，内心十分复杂，他怕是还没粉丝就有了个黑粉？

他转过头看了看。人群里有个女孩拿着一个黄白相间的喇叭拼命喊:"肖燃能不能勇敢点,多抢点镜头啊!哭真的没用!"

肖燃哭笑不得,然而他躲在口罩下的嘴唇还是不经意地翘起一个弯弯的弧度,心里有点暖。原来是她呀。

可是,他才没哭呢,他只是……

被沙子迷了眼而已。

〔贰〕

姜宁在粉丝群中一喊成名。

说到底,还是姜宁太过清奇:第一,别人都是暖心小天使,她倒好,直面小偶像的缺点,还得让本人知道,顺便还得让各家各户的"爱豆"和粉丝知道;第二,她竟然是肖燃的粉丝。

要知道肖燃在第一期节目里,个人镜头可能只有三秒钟。

"姐妹,你到底喜欢肖燃啥啊?"一个脖子上挂着"大炮"的妹子跑到姜宁身边,给她递了一瓶水。

"肖燃帅啊。"姜宁接过水,随口一说。

"我家小萧萧也帅!"隔壁啃面包的小妹妹插了一句。

"肖燃有才啊。"

"姐妹,肖燃第一期节目评级是F。"

"呃……才华一般都不外露的。"姜宁冷汗,拧开矿泉水喝了一口,"其实,这件事说来话长,我只是在他身上看到了希望的影子,你们想想一个人从默默无闻走到家喻户晓,多励志啊,多正能量,这才是养成的真谛啊！这不禁让我想起我高考那段奋斗的时光……"

"你这么说还真的蛮励志的！"

胡说八道。

她高考轻轻松松压重本线的好吗！

这瞎话谁说的，呸呸呸！

事件的真正起因还是三天前，原本她只是想找个安静的咖啡馆备考，哪知道就听到了两个追星女孩的八卦：

"肖燃真的业务水平不行，真怕他拖哥哥的后腿。"

"花絮里肖燃还哭呢，娇滴滴的。"

就这样，"肖燃"这个万恶之源的名字"扑通"一下就掉进了她的耳朵，又"扑通"一下开启了她多年前埋下的小种子。

姜宁抱着自己的《中外新闻史》跑到她们面前："你们说的肖燃是哪个肖燃？"

两个女孩被突然冒出来的姜宁吓到："还有……其他肖燃？"

嗯，当然了，她有个从小到大的小竹马也叫肖燃，成天像个小跟班一样跟着她，一张人畜无害的娃娃脸，很是惹人喜欢。但只有她知道他内心坏得很，总是在大人不在的时候欺负她。小时候，她成天去肖家串门，肖燃的妈妈总是开玩笑说她是肖燃的媳妇，她嘴巴上强力否认，但事实是，她还真的很喜欢他。原本两个人可以一起长大，然后顺水推舟天长地久什么的。

只是想不到在初三那年，她和父母出去旅游，回来后肖燃就不见了，什么东西都没留。

她的喜欢止步于此。

也不是没找过，但什么联系方式也没有，总不能在报纸上贴寻人启事吧。

丢不丢人。

"就是这个肖燃啊。"追星妹子 A 指着手机里的照片对姜宁说。

姜宁被拉回现实，装模作样地推了推眼镜，认真看了看，虽然 PS 痕迹严重了些，但……

就是这人了，你看这欠揍样儿。

于是，姜宁用了一个晚上调查 PS 痕迹过重的肖燃，了解到他参加了一个养成系选秀节目，没能力，没存在感，更没什么粉丝。别的小偶像因为节目播出涌现一批"站子"，他倒好，"站子"没有，倒是因为花絮里的一次哭遭了一拨黑。

姜宁搜了搜录制场地，发现就在琅城，坐趟高铁二十分钟！

这么好的地理条件简直就是天助她也，她心里一拍板——去了！

〔叁〕

夜深。

姜宁裹紧羽绒服，蹲靠在树边背单词。

明天有课，她订了最早的高铁回去，想到可能因为考试而痛失这块追星宝地，她的内心有点难过。但又想到这可是灭绝师太的考试，嗯，追星都不算什么了。

"呀呀呀，有人出来了！"有个女孩子指着明星宿舍楼喊。

大家都从各自的位置跑到了栏杆前面看。姜宁没动，心想，谁会大半夜出来买东西，这么冷的天，傻不傻啊。

"是肖燃啊！大家散了吧！"

什么叫是肖燃就散了啊！肖燃家正粉还在这里呢，看不看得见啊。都 2019 年了，懂不懂什么叫礼貌！

姜宁偷偷地往那边翻了个白眼，拍拍屁股站起来，把手机往口袋一塞，立马跑到了栏杆边。

"咳咳咳……"姜宁清了清嗓子，准备开始喊，突然又想到了刚刚其他追星女孩说的话……嗯，她作为肖燃仅存的粉丝，是不是应该多宣传宣传"爱豆"的优势？刚刚她们怎么吹"彩虹屁"来着？

时间不多，姜宁闭着眼睛瞎吼：

"小燃燃！这么冷的天还出来买零食真是辛苦你了，你怎么能自己出来买零食呢！天哪，怎么能这么虐待我们燃燃！

"天哪，我们燃燃还是穿拖鞋，这都零下了，答应我们好好照顾好自己好吗！

"燃燃勇敢飞，燃气（肖燃粉丝自称）永相随！"

喊完，姜宁只觉鸡皮疙瘩掉了一地。

"彩虹屁"果然不是一般人能吹的，这这这……还不如直接开骂呢！

肖燃石头剪刀布输了，被指派出来买零食。

他戴着口罩，一路低着头。他快步走进便利店，迅速挑好了朋友要的零食走了出来。外面的确冷，他裹紧身上的羽绒服朝宿舍走。

然而身后传来了一阵呐喊，肉麻程度……他都忍不住颤了颤……

　　肖燃边走边往后望了望，站在栏杆最前面的女孩就是他一直想要见的那一个。

　　他熟悉的那个小青梅——姜宁。

　　垃圾姜宁，你白天可不是这么喊的！

　　他想起他参加这个节目的初衷，其实就是源于他好朋友的一句话——现在的女孩子都喜欢看男团选秀节目。

　　抱着试试的心态，他来了。

　　既然不知道怎么去找她，那让她先看到自己好了。

　　内心的喜悦无法抑制地延伸到了嘴角，肖燃想走到她面前，却突然想起工作人员的警告，偶像是不能和粉丝走太近的。

　　既然参加了这个节目，那么规矩还是不能破的。

　　"唉——"肖燃叹了口气，没办法，只能回头继续向前走。

　　只是脚步慢慢的，和刚刚截然相反。

〔肆〕

　　考试周太过忙碌。

　　姜宁在试卷上答完最后一道题后，终于松了口气。她已经有一周没有去琅城了，最新的一期节目她看了，肖燃的镜头从三秒钟延长到了一分半钟。

　　虽然镜头全都是卖蠢、摔跤、被骂什么的……

　　教室外，几个女生围在一起哈哈大笑，姜宁朝那里探了探头："你们笑什么呢？"

几个女生刚要回答，一个人像风一样跑到姜宁身边，钩住了她的脖子，说："大宁，你什么时候开始追星了！"

姜宁条件反射地捂住何玉玉的嘴，然后把她拉到一边："你就不能小点声？"

"你追星怕别人知道啊？"

"不是。"姜宁脑袋一偏，"我沉迷学习追个屁星啊。"

何玉玉掏出手机给姜宁看一段视频，视频里，一个女生拿着喇叭大喊肖燃。

没错，就是那天"沙雕"的她了。

"就算是个背影，我一眼就看出来了！"何玉玉嘚瑟地捂住手机，"没想到学霸大宁也追星，我终于平衡了。"

"你从哪儿看来的视频？"

"微博啊，转发过万了你不知道啊？"

"啊？"

"对了，你的'爱豆'也涨粉了。"何玉玉打开微博页面，"呀，刚刚看肖燃还只有十几万粉，现在都奔五十万了。"

"就因为那视频？"

"对啊。"何玉玉用肩膀顶了一下姜宁，"你可是你'爱豆'成长路上的垫脚石呢。"

姜宁在心里一琢磨，一段"沙雕"视频就涨了五十万粉，那她的追星宝地岂不是……

"这可不行！"姜宁一脸严肃，好不容易占的地，这是要被抢的节奏啊！来不及多想，她拿起包就向外奔去。

"哎哎哎……你去哪儿啊？"何玉玉有点疑惑。

"追星呢！"姜宁边跑边挥手。

"论……论文不写了啊？"

"回来再说吧！"

肖燃从练习室走出来，一脸疲惫。

"大哥，你不会练了个通宵吧？"宋子昂一脸诧异地问。

肖燃不说话，迷糊地"嗯"了一声，刚走两步又想起了什么，转身问道："今天段老师是不是要上课？"

段老师是节目的嘉宾，也是他们的舞蹈老师，因为行程的原因，一个礼拜只给他们上一节课。

"对啊，大哥，这事你都能忘啊！"宋子昂刚回完，就看到肖燃匆匆忙忙向外面奔去的背影，"哎，你现在去哪儿啊？"

"熬不住了，买瓶咖啡提个神。"

外面风很大，琅城会下雪的消息也不知道是真是假。

肖燃跑出去，一时忘记戴帽子口罩，一脸憔悴的样子就这么暴露在了粉丝的面前。

"肖燃！肖燃！肖燃！"

震耳欲聋的呐喊，吓得他往后退了两步。

他朝栏杆那边看了一眼，发现那边的人好像变多了，喊他名字的人也变多了。

可是——

好像姜宁不在。

不见姜宁的第七天，她怎么就脱粉了啊。

明明他都在很努力地抢镜头了啊。

肖燃憋屈地快步走向便利店,拿了一瓶咖啡结账走人。

外面喊他名字的人越来越多,肖燃只管大步走着,理也不理。

直到——

"臭肖燃,我论文都没写就来看你,你竟然走得这么快!"

是熟悉的声音。

肖燃愣了愣,内心的欣喜慢慢地散开,嘴角挂上了不易察觉的弧度。他回头望了望,站在栏杆前面的确实是她,还有那个熟悉的喇叭。他想了想,将向前跨的步伐缩了缩,一小步一小步地走。

这样总可以了吧。

"我去!你头发是什么鬼啊,出来不知道注意形象吗?"

有这么夸张吗?

肖燃伸出手拨弄拨弄自己的头发,哎?怎么有一撮是竖起来的?

哎?怎么还按不下去!

啊啊啊!好丢人啊!

〔伍〕

姜宁守在栏杆外守到深夜三点才回小旅店休息。

原本想着第二天他们录节目时,自己可以补个眠,但还是被手机铃声吵醒了。在接电话前,姜宁狠狠地深呼吸,拼命把自己起床气的怒火往下压,哪承想刚按下通话键,自己倒是先"失聪"了。

何玉玉超大分贝地冲着姜宁喊:"姐姐啊,你咋上热搜了!"

还没睡醒的姜宁一脸蒙。

在经过何玉玉的科普后,她总算是知道了事情的来龙去脉。

无非是昨天她又被人拍了视频,然后又催火了一拨肖燃,顺带着自己也被扒出来,还被网友们讨论而已啦。

而已啦!

这都什么鬼!

她打开微博,翻了翻热搜榜,果然,她竟然还占了好几个坑呢。

"京大学霸'沙雕'追星""肖燃也太乖了吧""自己的粉丝是学霸是一种什么样的体验"……

还有姜宁呐喊的视频回放——

娱乐新鲜事:这都什么神仙男孩啊!今日快乐源泉,肖燃也太乖了吧![视频]

路人 A:这小姐姐太逗了。

路人 B:据说小姐姐是京大学霸,学霸粉学渣,这对 CP 有点甜。

路人 C:我十秒钟就要知道这个小姐姐的微博。

路人 D:看在小姐姐这么拼命地呐喊,必须给肖燃投上一票了!

……

姜宁看着手机,卒。

而节目组这边正在进行"给家人打电话"的环节。

肖燃睡眼惺忪地拨通了自家妈妈的电话,还没开口,妈妈的声音穿透了手机,让肖燃立马就醒了。

"我看热搜了!那是宁宁吧,哎哟喂,我未来儿媳妇上门了!"

"妈……"

"你这节目上得对，你爸当初竟然还反对，真是没眼光，还好当初妈妈站在你这一边。儿子好样的，果然有魅力，不愧是我生的！"

"妈，你听我……"

"宁宁真好看啊，你啥时候带宁宁来见妈妈啊，妈妈好想她哦。"

"妈，我在录节目。"肖燃终于见缝插针地说出了一句完整的话。

"儿子，你好好比赛，爸爸妈妈都会在电视机前支持你的，加油，家人是你永远的后盾，妈妈爱你。嘟嘟嘟……"

肖燃尴尬地朝着导演组笑了笑："那啥，这段会剪掉不？"

〔陆〕

立春这天，琅城下了初雪。

这个选秀节目也将开始了半决赛，从五十个人里留下二十个，然后通过实力和人气，来角逐仅有的十一个出道名额。

赛制太过残酷，大概是为了保留最后的一丝温存，节目组邀请了部分选手的家长来观看他们的舞台表演。

姜宁立春生日，站在演播厅外等候进场的她是万万没想到今天会下雪。

雪纷纷扬扬，姜宁手上拿着的灯牌闪闪发亮，她把灯牌放到脚边的地上，双手合十："保佑肖燃能晋级。"

就在这时，几辆保姆车停在了演播厅的路边，粉丝自觉地排成几

行,空出了中间的路。

"是谁啊?"人群中有粉丝问旁边维护秩序的保安。

"选手的家长。"保安小哥哥冷冷地说。

人群突然开始窸窸窣窣,各家粉丝像是约好了一样,纷纷喊出各家响亮的口号。管他是谁的家长,喊就是了,必须要让家长们知道自家"儿媳妇们"的热情。

姜宁死命占着前排,她得的是粉丝区的票,粉丝区没有固定座位,得靠抢,所以她必须占据有利地形,向前冲!

"大家可以按秩序排下队,马上就可以进场了呢。"戴着工作牌的导演小姐姐冲着排队区说。

姜宁极其兴奋,嗯,她做好准备了!

然而,万万没想到,粉丝们虽然嘴上在喊,但心里都跟她想的一样,她还没踏出辉煌的一步,自己的灯牌倒是先卒了……

姜宁蹲下来护着灯牌,因为一直有人进场,拥挤到她站不起来。

一双手出现在了眼前,姜宁抬头看,是个很漂亮的阿姨。

鬼使神差地,她将手伸了过去,借着一股力站了起来。

"你是姜宁对不对?"漂亮阿姨率先说话,堵住了姜宁即将说出的"谢谢"。

姜宁拼命点头。

"好久不见呀,小姜宁。"漂亮阿姨把姜宁拥入怀里,"当初你还那么小点呢,现在越来越漂亮啦。"

"那啥……"思前想后,姜宁还是打算尴尬地提问,"漂亮阿姨,你是?"

"太伤心了,小姜宁不认识我了。"肖妈妈把姜宁拉入 VIP 进场区，边走边说，"我是肖燃的妈妈呀，你不是来看我儿子的吗？"

姜宁震惊了。

时间过去太久了，她有点脸盲，不对！是阿姨变得太好看了，所以她没认出来！

啊！她想钻进地缝……

演播厅的 VIP 区离舞台区近，虽然没有粉丝区那么近，但论舒适度，可是比粉丝区舒服太多了。

节目开始录制，每一组的选手都开始表演节目，场内的观众一直很活跃，口号都没停。

可是，呆萌的姜宁同学硬是动也不敢动，僵硬得像个雕塑。

肖妈妈一直打量着抱着灯牌正襟危坐的姜宁。小姜宁跟以前比长开了很多，变得又大方又漂亮，听说还是个学霸，刚好可以弥补下自己儿子没脑子的毛病。

真般配！

直到肖燃上场，姜宁才有所放松，举起灯牌的手一开始瑟瑟发抖，后来余光瞥见肖妈妈也没太在意，于是果断放心地举着。

肖燃和一些搭档表演了一段很燃的舞曲。肖燃担当 rapper（说唱者），原本以为没有基础的他表演起来会比较吃力，但结果出乎意料，这场表演不管是效果还是氛围都特别好。

聚光灯打在肖燃身上，姜宁完全被吸引了。肖燃和小时候真的不一样了，以前是可爱秀气，不管是谁见了都想要夸一夸的那种；而现在，他有一种成熟的气场，仿佛天生适合舞台。

"帅吗?"

姜宁呆愣地点头。

"想嫁吗?"

姜宁条件反射地疯狂点头,然后觉得不对劲立马反应过来,对上了肖妈妈充满笑意的眼。

啊!

姜宁的脸唰地全红了。她把视线转向舞台,恰好肖燃也朝她看过来,两个人的视线交会,她惊慌失措地抱着灯牌跑向厕所,在跑的过程中还绊了一跤。

如果现实有特效,那么此时的她头上应该已经冒烟了……

肖妈妈笑着目送着姜宁,开始给肖爸爸发短信:

"未来儿媳妇超萌,绝不骗人!"

〔柒〕

肖燃晋级了。

这个消息使得姜宁整整一周都非常愉快,恰好节目总决赛录制是学校放暑假的第一天,她收拾好行李,准备去看最后一场总决赛。

"今天就是心情好,没有理由和烦恼……"姜宁哼着小曲儿下楼,刚出宿舍楼,一辆红色的宝马停在了她眼前,车窗降下来,一个戴着墨镜的女人朝她挥手。

"阿……姨……"姜宁吓得瞳孔变大。

"小姜宁快上车。"肖妈妈帮着打开副驾驶的门，招呼着她进来，"快，不然赶不上了哦。"

姜宁按了按手机，上午十点半，还早啊，总决赛不是晚上七点吗?

两个小时后，车停在了演播厅侧门口。

"阿姨，这个地方不对!"姜宁转头看向肖妈妈，因为太急，说话有点结巴，"这这……这是去后台的……"

"对呀! 粉丝福利开不开心?"肖妈妈把车钥匙拔下来，下车的时候发现姜宁还紧紧抓着安全带坐在那里，失笑，"快下来。"

姜宁抱着自己的包下车，还没来得及深呼吸一口，就被肖妈妈一把拉了进去……

等等，她还没有反应过来呢!

肖妈妈边走边和工作人员打招呼，姜宁边走边尴尬地朝着他们傻笑，然后心里吐槽自己：嘿，这哪儿来的傻子。

突然，肖妈妈停了下来，姜宁差点撞上去。

"快! 进去!"肖妈妈兴奋地说。

嗯嗯嗯? 姜宁扭头朝门上一看——《Fire》休息间。

《Fire》……不是肖燃今天表演的曲目吗? 啊! 不行不行!

"这样不好的,阿姨，会影响他比赛的!"姜宁冲着出口的方向走，又被肖妈妈一把拉回来。

"你不想亲口对他说句加油吗?"

"我想啊，阿姨……"可是她害羞啊! 能不能让她做好心理准备啊!

肖妈妈一不做二不休，一只手扭动门把手，一只手将姜宁推了进去。

姜宁……被推了进去……

休息间的选手们都已经在准备了，大家有的在练习，有的在聊天……

姜宁的突然闯入就像是一个外来物种一样，大家都好奇地看着她。

那啥，被那么多帅哥盯着看，真的是……羞耻爆了！

"这人眼熟，好像是肖燃的粉。"坐在镜子前的一个小哥推了推旁边小哥的胳膊。

"对对对，我也眼熟！是那个拿喇叭的。"在一旁的戴眼镜的小哥说。

"肖燃，有人找——"

肖燃在换衣服，听见兄弟们在喊，以为是采访时间到了，于是加快了速度，赶紧走了出来，结果看见站在门口一脸憋屈的姜宁。

肖燃将领带搭在手臂上，笑着朝姜宁走过去，刚要开口，就被姜宁双手遮脸的动作弄得怔住了。

貌似，姜宁的耳朵也是红的。

"那啥！加油啊！"姜宁讲完，又迅速地跑了出去，跑之前还不忘记暗戳戳地关上门。

肖燃疑惑地愣在原地，刚刚是发生了什么吗？

楚君萧笑着走出来拍了拍肖燃，眼神示意肖燃的衬衫，说："大哥，你把粉丝吓跑了。"

"哎？"肖燃低头一看，发现自己的衬衫有好几颗扣子没扣，露出了自己刚成型的腹肌……

唰地,他的脸也红了。

〔捌〕

总决赛开始了。

姜宁被肖妈妈带到之前的 VIP 区坐着,姜宁趴在栏杆上,回想着刚刚休息室的那一幕,忍不住偷笑。

没想到长大了的肖燃身材这么好……

"你在笑什么呀?"肖妈妈好奇地靠过来,问。

"没有,没有!"姜宁迅速否认,装作什么也没发生,低头弄灯牌。

二十强选手上场团舞,姜宁跟着粉丝拼命地喊着口号:"燃燃勇敢飞,燃气永相随!"

肖妈妈觉得有意思,跟着姜宁一起喊,突然觉得原来喊出来……好爽啊!

但是,这个口号真的没什么水平。

"小宁,你想肖燃出道吗?"肖妈妈忽然问。

姜宁瞬间停了下来,她也在思考这个问题,出道是他参加这个节目的梦想,但是他出道了,他和她重新见面就更不可能了。

距离会越拉越远……

难道她只能当他的粉丝吗?她知道,她不满足这个关系。

这不是她的初衷。

"那是他的梦想呀。"姜宁违心回答,"他的梦想我们就应该支持对吧?"

肖妈妈内心想,他的梦想才不是这个呢,是你呀!傻孩子!

"那没有出道呢?"肖妈妈问,"他要是没出道,你要不要嫁给他呀?不然他好可怜的,你看他事业没有,爱情也没有,也太惨了吧。"

她开始佩服肖妈妈的脑回路了。

这时,肖燃出场,人声鼎沸,姜宁一下就被他吸引了,眼睛里、耳朵里全都是他,完全忘记自己旁边坐着个肖妈妈。

隐约听见肖妈妈还在追问什么,姜宁敷衍答应着,却不知道自己四舍五入把自己给卖了……

出道名单揭晓——
肖燃差三百票落选。

像是一切尘埃落定,姜宁却不知道自己心里是什么感觉。

姜宁坐在车上刷着微博,微博上"肖燃没出道"已经上了热搜,评论有的说惋惜,也有的继续黑他。

当然,黑他的话依旧很刺耳,姜宁气不过,打开对话框一条一条回怼过去。

有些人就是这样,在网上闭着眼睛骂人,试问他们有看过现场吗!真是站着说话不腰疼。

"你在干吗?"肖燃头向着姜宁的手机偏了偏。

姜宁因为太过专注,连肖燃什么时候上车都不知道,她惊恐地跳起来,手机也不小心丢了出去,并且直接砸到了肖燃的脸上。

糟糕！她这样算打了自己粉的"爱豆"吗？

会被粉丝群殴吗？

"嗷！"肖燃捂脸，"姜宁你没必要看我没出道就要弄死我吧。"

姜宁迅速反应过来，连忙抓住肖燃的手，看他的脸："你没事吧？"

然而这个姿势貌似太过诡异，两个人的脸靠得很近，连彼此的呼吸都能够听见，姜宁抬眼和肖燃对视，这个距离好像不太妙……

"砰！"

是驾驶座的关门声。

"走啦走啦，办后面的手续真是麻烦，肖燃你这个臭小子以后别给我乱参加比赛。"肖妈妈上车瞧见他俩的动作，"呃……你们这是在干吗？"

姜宁吓得往后弹了一下，幅度太大，头直接和车顶来了个亲密接触。

疼……姜宁捂住头，心里却松了口气，虽然头疼但不至于头大，还好还好。

肖燃看见姜宁手忙脚乱，一直憋着笑："妈，去吃海底捞吧，我饿了。"

"行啊，小宁估计也饿了，对吧，小宁？"

"嗯嗯嗯。"姜宁拼命点头，脸上的红晕一点点地晕开。

虽然小时候玩得很好，但这么久不见……

天啦！是真的好帅！

她捂着脸，小心翼翼地蹭到位置的最边上，然后将视线转到窗外，对，不看就没事了！不看不看，我不看。

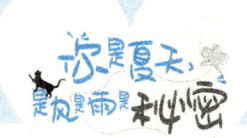

　　肖燃一直有意无意地观察姜宁,她怎么在车上就这么羞涩呢?当初在栏杆外她不是很豪迈吗?

　　她的喇叭给他留下的印象可是很深刻啊……

　　想着想着,突然想起节目组的嘱咐,肖燃于是拿出手机准备按要求发条微博,刚点开微博界面就没电关机了,真是糟糕。

　　"妈,借我下手机,我发个微博。"肖燃冲着自家老妈喊。

　　肖妈妈也没太思考,就把手机递给了肖燃,完全忘记了之前总决赛的时候她录音的事。

　　于是肖燃打开锁屏界面,第一个出现的就是录音界面。

　　因为好奇,他点了播放。

　　然后,他听见了一个熟悉的喊声——

　　姜宁:"啊啊啊,肖燃!肖燃你好帅!燃燃你勇敢飞,燃气永相随!"

　　肖妈妈:"小宁,肖燃不出道,你要不要嫁给他呀?"

　　姜宁:"好好好!肖燃啊啊啊!"

　　肖妈妈:"搞定!"

　　听了录音的开头,姜宁就觉得不妙,因为这个声音的确很耳熟。

　　听完录音后,她的脸已经红得不能再红了。可不耳熟嘛,录音里那个傻子就是她啊!她不敢看旁边的肖燃,脸依旧偏向车窗,双手撑着车窗玻璃,一脸憋屈。

　　她怎么觉得自己上了贼船呢?呜呜呜,她想下车,太尴尬了。

　　而那一头,肖燃觉得姜宁的反应很有趣,于是恶作剧般地朝她靠近,在她耳边轻声问:"你是不是暗恋我啊?"

姜宁表情凝固,回过头给了肖燃一记栗暴:"你给我闭嘴!"

"没事,以后你为我喊的时候还多着呢。"肖燃笑着闪过,伸手揉了揉姜宁的头。

"肖燃你是想死吗?"

〔玖〕

在肖妈妈的手机里,其实还有另一段手机录音。那是某个夜晚,某个小偶像悄悄地从床上爬起来,然后躲在小阳台给自家老妈打电话。

"老妈,嘘,我是你儿子。"

"你能不能去帮我找姜宁啊,我现在没办法找她。"

"对,把时间拖到节目录完……"

"嗯,你不愧是我妈,太懂我了。"

"出不了道的,我知道我的水平。"

"晚安,老妈。"

Chapter.3 有时候的吵架是甜的

嘿!我跟你说
我生气了,
再不哄我,
我就要跑走啦。

小心思

盈盈想，虽然宋清予不怕她了，但或许依然是烦她的。

可他为什么要烦她呢？她明明这么喜欢他。

按照人类礼尚往来的习惯，他不也该同她一样才对吗？

小狐涂山来

×

Text / 晚乔

〔壹〕

宋清予认识她,是在黄家少爷的婚宴上。

当天是黄老爷的生辰,又恰巧黄老爷年前得了场大病,近日才稍好一点。因此,黄少爷这场婚宴也办得格外隆重些,请的人多,颇有点儿给他爹冲喜的味道。

那日,宋清予如往常一般,摇着折扇,悠悠闲闲地坐了轿子出门,准备坐一会儿就回。这种宴席,在他看来其实只是无聊的交际,若非从前做生意欠了黄老爷一个情面,他是懒得来的。

打了个呵欠,宋清予在仆从的搀扶之下下了轿子,又被搀扶着进了黄府,比小姐们还娇贵些。若无意外,再走几步,他也该被搀扶着坐上座位、吃几口酒菜。

可是,入座之前,宋清予一掀眼皮,就看见本该属于自己的位置上坐着的人。

那副一向散漫的表情难得变一次,他先是怔了怔,接着指向自己的座位："这是怎么回事？"

仆从困惑地顺着他手指的方向看去："爷，怎么了？"

宋清予与坐在那儿的女子对望，他一时间只看见她油腻腻的嘴和手，还有她手上油腻腻的肉骨头。喜食清淡并且还有点洁癖的宋清予顿时只觉得整个世界都油光发亮的，让人很想去清理一下。

"她，怎么回事？"宋清予再次问道。

仆从看着空无一人的座位，心里的不解越发深了，可他没再问，只是躬身往那儿去。然后，他眉头一舒，从座位上抱起一个东西。

"爷，您刚才是看见这只小狗了吗？"

宋清予眼看着一个鲜活的女子瞬间化身成犬，窝在仆从的怀里吐舌头，忽然眼前一黑，差点没晕过去。

好半响才缓过神来，他收了折扇指着仆从："这，这……"

人在惊讶过度的时候会失去语言表达能力，来来回回，也就这么一句话。

他有许多想说的，恨不得把自己的情绪吼出来，可真正出口，也不过就是——

"这是什么？"

在场那么多人，难道没有一个看见方才她那一变吗？

恰时，黄老爷一身喜庆衣装，从人堆里走过来："三爷，这里是发生什么事情了？"

宋清予一双杏眼瞪得滚圆："你看那是什么？"

黄老爷转头，仔细辨认："那似乎，是一只……幼犬？"

  他说完,望回宋清予:"大概是循着肉香自己找进来的,三爷不喜?"

  幼犬?这分明是妖精!他看着她从人形变成这样的!

  宋清予正想这么说,嘴却张不开了。他"唔唔"挣扎了几声无果,被迫与那双滚圆的眼睛对视。幼犬形的小东西眼眸黑亮,像两颗沾水的葡萄,爪子上却有油光闪闪,按在仆从的布衣上,爪印很是明显。

  此时的宋清予也不知道自己到底是什么心情,他只觉得除了背脊一阵发麻、整个人僵直之外,下意识地还有些嫌弃。

  猜到这是妖,他也不是不害怕。

  但在此之余,他还是忍不住在想,妖都这么不爱干净吗?

  还没想完,在所有人的意料之外,那只"幼犬"电光石火之间蹿离了仆从,弹丸一样弹进宋清予的怀抱。

  ——喂,你长得真好看,不要拆穿我行吗?

  身体违背了自己想要闪避的意愿,自主接住了小东西,宋清予低着头,有一句话就这么闪进他的脑海里。

  宋清予身体再次僵直。

  他的脖子一卡一卡地顺着它的爪儿,看向自己的衣袖——

  "油,油……"

  他艰难地吐出两个字,接着,眼前一黑,径直晕了过去。

  自这次后,市井便传开了,说宋家三爷怕狗,连小狗都怕。

  怕得能晕过去。

〔贰〕

榴月将至,春意消减。

宋清予一袭茶白长袍,立在月光下边,整个人看起来清清浅浅,瓷器一样,像是在发光。只是,这个白瓷一样的公子没站多久,就握着酒杯惆怅起来,表情皱皱巴巴,看起来竟是有些委屈。

"你怎么每天都不开心?"身后传来含混不清的咀嚼声。

宋清予回头,眉头皱得更加厉害:"你怎么每天都来这儿?"

女子肤色素白,长发如墨,一身长裙却火红火红,像是深秋的枫叶,开得热闹。

闻言,她努力啃完了手上的鸡腿,把骨头一抛,拍拍手就要去搭他的肩膀。

"停——"宋清予在一个箭步跨远的同时差点破音,"你有什么话就站在这里说,别靠近我,"说完补充一句,"更别碰我!"

女子眨眨眼睛:"好吧。"

宋清予勉强稳定了一下呼吸:"所以,你为什么每天都来这儿?"

女子讨好似的想蹭过来,却碍于他之前的话,又收住了脚步。

"那……那谁叫你每天都有宴席吃,而且,你还每天都一个人坐一张桌子。那么多的菜,你怎么吃得完?就像现在。"她指向石桌上的酒菜糕点,"所以我就想,我来帮你吧。喏,我可以帮你……这个,这个,还有这个。"

宋清予扶额,艰难地开口:"所以,这些天,你每日三餐按时过来……对,我早该猜到的……"

女子歪头:"猜到什么?"

宋清予摆摆手:"拿走,都拿走,别再过来了。以后我每天让人给你把吃食放在后门,你不要进来,更别出现在我的面前。"

女子嘟嘟嘴:"这样不大好,怎么能劳烦你特意为我准备。"她善解人意道,"反正你也吃不完,我和你一起吃就行了。"

宋清予被噎了一下:"不麻烦。"

说完,他又补充一句:"只要你别过来就好。"

这时,女子忽然想起市井里的传言。

"你是不是怕狗呀?"

宋清予对于传言毫不知情,反而觉得这个突如其来的问题有些莫名其妙:"什么?"

"喏!"女子身形一动,化身幼兽形态,围着他跑两圈,很快又变回来,"你是不是怕我这样?"

经过了这些天的相处,宋清予一直以为自己对她已经麻木了。毕竟,当未知与意外变成已知与习惯之后,恐惧感自然会降低。哪怕是对着个妖,看久了她的人形模样,也会忘记这是个妖。他一直是这么想的,但看了她刚才那一变,他发现,自己还是太天真了。

他再次僵直了身子,站在原地,手中的酒杯微微发抖,清亮的酒水洒出不少,弄得满手都是。

而女子满脸单纯:"果真如此。其实你不用怕我,我不是狗。"她笑了笑,分明是人形,却露出一对耳朵在头顶晃着,"我是狐呀!怎么样,是不是不害怕了?"

"呀,洒出来了。"

小狐狸向着他的手凑过去。可怜的宋清予是想躲开的,奈何腿上跟绑了铁块似的,又僵又麻,动弹不得。是以,他只能眼睁睁看着她低头,在他的手背上舔了一下又一下。

对此,宋清予的内心很是排斥,可手上的触感温温软软,不知怎的,又让他有些燥。他用了最大的力气别开头,不去看她,耳垂却不自禁地泛了红。

不久,小狐狸抬起头来,面色微醺。

"你这杯子里是酒吗?"她笑出一口小白牙,"都说酒会醉人,你看,你的脸红了,你醉啦。"她笑嘻嘻,随后摸摸自己的脸,只觉得发烫,"哎,我也醉啦。"

说完,她就这么对着宋清予扑了上去。

宋清予一怔,下意识地接住了她。

"啪!"

手中的酒杯直直落在地上,变成了片片碎瓷。

感觉到自己被扶住,她放松地在他的怀里蹭了蹭,呼吸缓慢而均匀。

"听他们说,你叫宋清予?"她被酒气熏得眼睛很累,累成困极的模样,却还是努力睁开眼,"认识这么久,一直没告诉你,我叫盈盈。"

她笑了笑:"你跟着我念一遍,盈盈。"

她是火狐一族,天生便通灵性,虽然才化形不久,还保留着幼狐不谙世事的单纯,但狐到底是狐,在微醺的时候也会流露出几分天生的媚态。

宋清予与她对视,呆呆地跟着她念:"盈盈。"

盈盈一水间,脉脉不得语。

放在诗里是哀怨的意象,但要念起来,却真是个好名字。他想起那双沾了水珠的黑葡萄似的眼睛,心里又念了一遍,盈盈。

恰时微风轻起,带着她的鬓发扫过他的脸颊。

宋清予有些痒,却没敢动,直到怀里的重量忽然消失。

他微愣,低头,脚边是毛茸茸的一个团子。在那个毛团子身边,还有细小的碎瓷片。宋清予看了许久,终于,在她朝着碎瓷片那边翻身之前抱起了她。

怀里软软的,那么小又那么轻的一团,的确像是小狗。

宋清予掂了掂"小狗",一时间生出了养宠物的想法。

可惜,这个想法刚生出来,他就看见了"小狗"尾巴尖尖上沾着的泥。他浑身一僵,纠结半晌,到底是把她带回房间,找了块垫子,放在了地上。

就算是宠物,这个团子暂时也只能被安置在角落里。

他朝她望去,眼神有些复杂。

这小狐……

怎么这么脏?

隔了几天,市井上又传开了。

说宋家三爷不是怕狗,而是爱狗,那日昏倒,也不是因为害怕,而是欢喜至极。不信你瞧,他对捡回家的小狗可好了!

〔叁〕

盈盈也不知道宋清予怎么忽然就不怕她也不烦她了,不过她没打算去问。这样挺好的,比之前好太多。

她跳上桌子的另一边,用嘴拱拱宋清予为她留出、专属于她的那一份。兴许是动作太大,油花溅到了隔壁盘子里的食物,她抬眼望他,果不其然,便看见一张黑脸。

"没关系,没关系,我吃我吃!"

她又跳一步,把那个盘子也拱到自己的身前。

可是,与此同时,她蓬松的小尾巴又扫过另一盘⋯⋯

宋清予忍无可忍,"啪"的一声拍了筷子。

他一字一顿:"你,要么变成人,要么给我下去!"

盈盈灵活地跳下桌子,再次起身,便是站起来的。

"干什么这么凶。"她的眼睛水汪汪的,稍稍睁大些,就像是受了委屈。

宋清予微怔,差点被她的样子给弄心软了,可是在扫过桌面之后,那几乎就要软下去的心又硬了起来。

"你说呢?"宋清予拿着筷子点了几下,"这个,这个,还有那边的,你刚才跳来跳去,掉的毛都弄进去了,这叫人怎么吃?"

盈盈撇着嘴:"明明是你让我化身原形,说那样比较方便⋯⋯是你自己要求的。"

"我⋯⋯"宋清予一时气结,"从前怎么说的不管,但日后用餐我会遣走下人,便如今日这样。他们一退,你就变回来。别再让我看见你窜来窜去掉毛。"

盈盈低着头"哦"了一声,看起来有些失落。

她不懂人类的弯弯绕绕,只晓得看表面。在她的认识里,情绪高昂就是欢喜,生气冷漠就是不喜,至于什么心口不一,那在她的理解之外,是不被考虑的。

盈盈想,虽然宋清予不怕她了,但或许依然是烦她的。

可他为什么要烦她呢?她明明这么喜欢他。

按照人类礼尚往来的习惯,他不也该同她一样才对吗?

宋清予看出了盈盈情绪上的变化,他轻咳一声:"日后记住便好,现在先吃饭吧。"

他说完,提起筷子,但提到一半,又有些纠结。望了一圈饭菜,虽说被她碰过的只有远处那几碟,但谁知道她蹦起来的时候有没有灰落进来?

宋清予看了半响,越看越觉得有可能。末了,他放下筷子,叹了口气,起身出门换了一碗饭回来,就着小狐狸委委屈屈的表情,他就这么一口一口吃着白饭。

他从来都不是会委屈自己的人,对着白饭的时候,也有"这到底是为什么""干吗这么让着她"的念头在脑海里闪过,但那也就是一闪。他不弱小,他有钱有权有势,如此,自然也没什么人能让他吃瘪,除非是他情愿。

这一点,许多人都晓得。可盈盈不是人,她只能依照自己的认知做判断。

她趴在桌上看着他,声音闷闷的:"你是讨厌我吗?"

"什么？"宋清予差点被饭噎着。

盈盈怏怏地趴在饭桌上："你怎么这么嫌弃我？"

宋清予不知道该怎么和她解释，也觉得这件事好像没什么好解释的，但与她对视一眼，他又没忍住叹了口气。大抵是那双眼睛太清太亮，带着水汽望过来，便叫他以为自己在欺负一个孩子。

"没有。"

发生了误会，总该说清楚。

宋清予道："不是嫌弃你，只是我幼时身子不大好，家里对我格外注意些，久了就习惯了，对饮食一类要求很高，也看不得不洁净的东西。"

他的言外之意是这与她无关。

却不想她转了转眼珠，忽然坐直。

"你身子不好？是哪里不好？"

"我也不大清楚，约莫是天生的，治不得，只能养着。"

盈盈闻言，若有所思般顿了会儿。抬手，有淡淡光点自她指间扬起，随着她眸色渐红，那光点也越来越亮，直至凝成一股细细的光绳，朝他而去。

不同于宋清予见过的任何一种光，这光如有实体，在碰到他的面颊时带着微微凉意。浸染在这片光里，他觉得很自在、很舒服，因此，也便不自觉地闭上了眼睛。

然而，就在这时，门前有仆人路过，见着这从门缝里透出来的诡异光芒，不自觉便凑近看了一眼。

"啊——"仆人摔了茶盏，连滚带爬地跑远，"有鬼，妖怪！"

　　这一声打断了盈盈的动作，光绳断开，她皱眉吐出一口血，身形骤然缩小。

　　等宋清予再看，她已经化回了原形。

　　与此同时，那仆人叫了护卫回来。盈盈一惊，径直从窗子跳了出去，凭空消失在了院里。

　　"盈盈！"

　　宋清予这声叫得晚了些，等他反应出口，那只小狐早就不见了。

　　自那日后，盈盈便再没有出现。

　　宋清予尝试过找她，他派出去了许多人，也托了许多人，却半点消息都没有。最后实在不得，他甚至去了寺庙道馆。

　　可是，除了为市井多添几分谈资，宋清予什么也没得到。

　　大家都说宋三爷最近不正常，神神道道信上了鬼神之说。人家碰见这些，都是避之不及，他倒好，成日主动去招惹，也不怕弄出个什么乱子。宋清予起初不在意这些传言，但到后来，他也会想，自己是不是真的不正常。

　　庭院里，他摆了一桌酒菜，手中握着瓷杯。

　　杯中酒水清亮，映出一轮弯月，宋清予望着那轮弯月，不晓得想到了什么。他晃了晃杯子，那酒水便洒在他的手上，空气里满是酒香，而他带了些期待，环顾一周。

　　风声萧萧，虫鸣浅浅，墙头上有鸟雀飞过。

　　却到底没有那只狐。

〔肆〕

凝神识为实体，度修为当药引，只为修补一个凡人的血脉，这是很伤身的，尤其严重的是这个过程还被打断了。

盈盈半眯着眼睛，蜷成一个小团子，被一个花白胡须的长袍老者抱在怀里。

老者叹口气："下了一趟山，好的没学着，尽学着这些。"

盈盈虚虚地吸气："老爷，我是不是要死了？"

"你啊……"老者用不争气的眼神看她，却到底没说什么重话。

他抱着盈盈走出山洞，随手在空中一抓，便抓出一座桥来。

那桥虚虚架着，自山洞缓缓往上，尽头处连接着星河。老者抱着小狐狸走上桥去，步履看似缓慢，可从这头到那头，也不过一眨眼而已。盈盈半睁着眼睛，她看见前边有座山，那山白雾漫漫，山石边有棵树。

接着，那衣袖在她眼前一扬，树上闪着细光的小果儿便落在了老者手上。

"吃吧。"

闻声，她抬眼往上望，看见原先晃荡在眼前的花白胡须变成了全白，老者仿佛一瞬间老了好多岁。盈盈一愣，意识到什么，用嘴拱了拱果儿，看上去有些犹豫。

"即便你不吃，这果子也摘下来了，还不回去的。"

这棵树长在人界和天界的交界处，结出的果子灵气充裕且对修为有奇效，然而凡人受不住、天人瞧不上，倒是给他们这些妖最为适合。

"那您呢?"

"我同你不一样,摘这果子虽然耗神,可过不了几日便能修回来。"

他们涂山狐族生来便有灵性,说是妖,但修习久了也能成仙。老爷是这涂山最年长的一辈,也是涂山第一位由妖化仙的狐族。老爷从不虚言,他既然这么说,便应当没问题。

盈盈犹豫了一会儿,小口小口地咬着果子。

在她咬下最后一口时,老者边叹气边虚虚抚过她的后颈。

"这次回家,就别再下山了,你如今这样,该好好养养。"

盈盈愣了愣,好半天才把那一口咽下去:"老爷,我要养多久?"

"多久?"老者低眸,"伤及元神不是小事,这哪算得准?"

他挥袖间带出点点微光,那光点像是有灵性,尽数附在了盈盈身上,等光华散去,小狐又成了穿着红衫裙的少女。

"怎么,还想走?"老者分明语气平缓,可听在耳朵里,却是谁都能感觉到他的怒意。

盈盈抿了抿唇:"老爷,我走得急,我……我也没和他说,我觉得他在等我。"

老者不说话,只是看着她。

"老爷,我现在能化形了,是不是已经好些了?"

盈盈是族里这一辈最小的狐,自幼便机灵可爱,也很受大家宠。原先不觉得什么,但现在看来,她真是被宠坏了。

她小心地扯了扯老者的袖子:"老爷,我去同他说一声就回,行不行?"

见她这副模样，老者动了气。他抬手指她，却在衣袖滑落时瞥见手腕上戴着的红绳。那一瞬间，他想起了些很久以前的事情。

真的很久了。

当时他也还是一只年轻小狐，也因下山被长辈斥责，这么一比，他方才想训盈盈的那些话，竟都是那些长辈曾经拿来训过他的。

红绳晃在眼前，老者满腔的怒意熄灭在了这一眼里。

再开口，他只剩下了无奈："你这才下去多久，就成了这副样子。"

盈盈还想再说什么，却被老者抬手打断。

"五年。"老者说，"你在这儿修炼五年，届时，若你养好了，我就放你出去。"

五年对于他们而言并没有多久，可凡人一生也不过数十年，这么算起来，还是太长。

"老爷，我……"

盈盈想反驳，然而这一次老者半分机会都没再给她。在她开口之际，脚下的长桥迅速瓦解，老者也凭空消失在了她的面前。盈盈下意识地往后退几步，她的四周除了星云薄光便是深黑宇宙，唯一能倚靠休息的，也不过就是那棵树。

那树立在两界交界处，不晓得长了多少个轮回，灵气充裕得外散，便是不修炼，只待在这儿，神识间都萦绕着阵阵被滋养的充盈感。

"我不和他说，他若是不等我了怎么办？"

盈盈喃喃着，念完之后，怔怔抚上树干，发了一小会儿呆，也不知在想什么。

不久,她深吸口气,坐了下来。

老爷决定的事情没有人能改变,既然如此,她便等。

在等待的这五年里,她要好好修习。

不论宋清予等不等她,五年之后,她要去找他。

〔伍〕

宋清予又去参加了一场友人的宴席。

说来是件稀罕事儿,谁都知道汴城的宋三爷虽是官商世家却比文人还清高些,各种宴席,即便办得再大,他若不想去,也不会多给你这个面子。可就在五年前,宋三爷忽然成了有宴必来的主儿。

起初大家都诚惶诚恐,生怕对他招待不周,到了现在,却都习惯了似的。虽然席上主人家对他仍是小心招待着,但大家总算不再将他当菩萨,不必多有拘束了。

坐在回程轿中,宋清予按了按额角。

孙府坐落在近郊,距离城中较远,他坐轿久了有些头晕,尤其是失望和疲惫一起涌上来,更让他透不过气。

"停轿。"

宋清予被仆人扶了下来。

"三爷哪儿不舒服?"那仆人关心地问他。

宋清予摆摆手:"久坐不适,走走就好。"

不比城中热闹,这边住户少,也安静,空气里都是户户人家飘出来的饭香,和酒楼里的味道全然不同。他更喜欢这种味道,闻起来自然舒服,不晓得她怎么这么中意酒家肉糜,明明那些东西吃多了油腻。

宋清予低了低眼睛,忽然转头问仆人:"我让你办的事情怎么样?"

"哎,答三爷,邻国的猎户虽数不胜数,但我能联系上的收货大些的商户有五十七家,这五十七家都收狐裘。我同他们联系过了,若是见到红狐,定要留下活口,好生待着养着,遇见通人性的,尽管送过来。您就放心吧。"

"好。"

宋清予缓缓走着。

这五年里,他一直在找一只狐,他找了许久,见了许多,却没有一只是她。他找遍了本国,又想着,她不是普通的狐,说不准这一跑,跑得远些,到了别处。于是,他今年又查起了邻国。

他也不是不知道,她是妖,和那些能被捕到的狐不一样。可她走时那么匆忙,还吐了血,又容易轻信于人,万一有意外呢?再或者,就算他真的找不到她,但能救下她的同族,若那些小狐与她沾亲,说不准能帮他告诉她一声。

说不准,她就能记起他。

不论是哪一季,提及江南,眼前似乎便会自动浮现一幕飞花细雨。大多数外地人来到这儿,都是观景的。

宋清予却不然。

"你确定是在这儿?"

"千真万确,我哪敢拿这个骗三爷?"那仆人自幼跟着宋清予长

大,比其余下人与他熟络一些,说话也更大胆。此时,他皱着眉头,半真半假抱怨道,"再说三爷您都问了百八十遍了,就算小的说话含糊,三爷您也该晓得了。"

果然,宋清予并不与他计较,只催着车夫将车再赶快些。

"还有多久?"

马蹄踏花泥,溅了阵阵泥水在后边。

车夫回头道:"三爷莫急,拐个弯儿就到了。"

宋清予紧张得手心出汗,马车帘子怎么也不肯放下。

仆人见状担心:"三爷您受不得风,还是坐回来吧。"

宋清予却固执地拽着,只半侧身回头:"我问你,真捕到了口吐人言的红狐?"

"哎哟,我的三爷哎,此事在江南都传开了,怎会作假?"

宋清予深呼口气:"是女子声音?"

"是是是,怎么不是?人言那红狐娇媚,不止能言,甚至还能唱歌呢……"

被风吹得头疼,宋清予稍稍往后坐了点儿,喝了口温着的热茶才觉得身上舒服一些。

但没一会儿,他又开始揪着话头不放:"可她不会唱歌。"

"不论如何,三爷您去看了不就知道了吗?"

"也是。"

宋清予沉了口气:"左右也快到了,是或不是,马上就能看见。"

另一边,小院之内,养狐人望着关在笼里的红狐惴惴不安。

他原先是个普通猎户,只是后来听见宋三爷到处寻狐才想出这么一桩。前几年他捉了一只毛色好的小狐，驯了它许久，本只想混过宋三爷那一关拿点银钱，却不料宋家那边看得细，他怕糊弄不过去，便作罢了。一两年后，那狐驯好了，他便带着它串通酒家，找人给它在幕后配声，做出这狐会说话的假象。这玩意儿新奇，他靠它赚了不少。

一年下来，这收入也不比宋三爷给的收价低。

养狐人见这生意好做，慢慢也就忘记最初的目的，却不料这狐儿的名声越来越大，竟真惊动了宋三爷亲自过来。

平时表演，他的规矩多，观众看不清，但这回宋三爷过来，难免不穿帮。等三爷到了，见着这小狐，便会明白他的把戏，到时候，他不止一分钱都捞不着，说不准还要被从前来看他表演的那些人骂，叫他退钱……

养狐人越想越慌，越慌越乱。

若是……若是他带着这红狐逃跑，若是宋三爷见不到这只狐，是不是就行了？不对，他一个大活人，再躲能躲哪儿去？认识他的人这样多，他怕是逃不出江南就会被找出来。

既然如此，便唯有狠心一些了。

养狐人心下一定，慢慢靠近了笼子。

天色渐渐黑了，他的影子压在红狐头顶。那红狐被驯久了，怕人得很，在那人抓它时，它的眼里下意识地流露出恐惧。

然而，它只是顺从，不敢挣扎。

就像从前的每一次一样。

〔陆〕

从欢喜期待到惊惧绝望只需要一瞬而已,那一瞬发生在宋清予望进小院的一眼里。

那红狐的脖子被卡在铁笼中间,早断了气,血流了一地。养狐人坐在边上哭,见他进来,忙拉住他的衣角。

"三爷啊,不知怎的,我这小狐今儿个一直躁动,四处蹿,我安抚它许久,只刚去收拾了会儿东西,再回来就看见这一幕……"

宋清予这几年见过许多红狐,他知道红狐都长得相似,他也分不清,所以,他对每一只都很好,在确认之前,他把所见的每一只都当成她。

唯独这只,他不愿信是她。

可即便不信,他也还是蹲下身去。

宋清予摸着小狐的头,声音沙哑:"我问你,它真会说话?"

"会啊,这狐极有灵性,能说话,能聊天,还懂人心意。"养狐人干号着,"我也不知道,这……这怎么就会变成这样啊……"

宋清予忽然沉默起来。

半晌,他摆摆手,仆人懂他的意思,立刻便带着养狐人离开。

这院子小,却也清静。

宋清予愣了许久,忽然低了身子,将小狐抱出来。

那小狐弄得他满身血污,腥味直直冲到他的脑子里。

宋清予洁癖了二十多年,寻常时候,连挨个桌子都要擦手,这还是他第一次这般狼狈,难得的是他还毫无察觉。

"盈盈。"他低低地唤着,"盈盈……"

"宋清予?"

这个声音很熟悉,可他已经许久没有听见过了。

宋清予一时反应不及,只条件反射地转身。

透过一片模糊水雾,他看见一身火红裙衫。

"你怎么在这儿?"盈盈满脸掩不住的惊讶,"你抱着什么呢?"

她刚一问完这句话,宋清予便立即站起身来。

宋清予几步上前抱住眼前的人,他整个人都在微微发着颤,却将她抱得很紧,紧得她喘不过气。

盈盈本想推开他,却在感觉到脖颈间的潮气时顿住。

"你怎么了?"她的声音软下来,"你在哭吗?"

宋清予不说话,只把脸埋在她的颈边。

他这是发生什么事了?

盈盈不解,想了会儿,她抬手点在了他的后脑上。

在指尖接触到他的时候,盈盈读到了这五年里他的所有记忆。从她离开,到她回来,她一点点读下来,好像通过那些看见了他未说出口的全部心意。那爱意隐秘又直接,她看得心惊,恍惚间以为自己面前有一团火,那火燃得热烈,几乎要把她给烧着了。

过了许久,盈盈才怔怔道:"你一直在找我?我……我还担心你会忘记我。"

宋清予终于将手臂放松一些。

"没有。"他的声音闷闷的,"我忘不掉你。"

刚一说完,他又有些委屈:"我以为你不会回来了。"

"怎么会？我一直想回来，我很想你。"

"那你……"

宋清予本想问些从前，却又觉得这时候不大适合问什么从前。

问得少了，说不明白；问得多了，又像是苛责、抱怨。

大概是她回来得太突然，又恰好碰上这么个误会的当口，宋清予的脑子有些空白，纠结许久，将他唯一能组织出的一句话问了出来："那你以后还走吗？"

盈盈往后仰了些。

她这五年里修习精进，连老爷看见她的修为都感觉不可思议。

在放她离开之前，老爷同她谈了最后一次话。

那一次，老爷重带她上了桥，站在星河间，他左右一指："你悟到了灵通，修行几近圆满，如今，只需劫数度过即可飞升。届时你可俯观宇宙浩瀚，走在银河深处，万千星云触手可及。这些，你只要见一次，就能明白它们与这浊浊凡世孰轻孰重。"

红尘万丈都不过如此，更何况那只是一个人。

"若是这样，我不见了。"

闻言，盈盈微微仰头，望向漫漫长河，那里的确很吸引人，可她看一眼就移开了目光。

她回身浅笑："就像老爷说的，若我见了可能便要改变心意；但若不见，那么，这天地再怎么浩大在我这儿也都比不过一个宋清予。"

她说："这五年我想得很清楚，我缘何感悟、缘何苦修，老爷也不是不知道。我不为飞升，只想下山。总归我是要留在他身边的，别的东西，还是眼不见心不乱为好。"

盈盈仔仔细细地看着宋清予，从眉毛到嘴角，她用目光一点点描绘下来，直到在心间镌刻清楚，才心满意足地搂住他的脖子。

这五年里，她看得最多的就是星星，有远有近，有细线般划过她身侧，她看着它们，心里想的却是另外一颗。她心心念念，惦了许久，是独属于她的那颗星星。

宋清予的眼睛还是红的，一副隐忍的样子。

见她久不回答，他又问一次："你还会走吗？"

盈盈轻轻一歪头，笑意盈盈，如初见之时，一下扑进他的怀里。

她吻上一颗星星。

之后，是轻而坚定，染着笑的声音，她说："不走了。"

小瞬间

> 我叫乔识,最近遇见了一个叫江弩的奇怪家伙。
> 奇怪的点在于,他竟然知晓我所有的喜好。
> 比如,他总能在我最想吃鸡腿的下午四点钟准时送来鸡腿。
> 比如,他煮给我的土豆烧牛肉总会记得不放青椒和胡萝卜。
> 比如,他用那只软绵绵的大灰熊,代替了我原本住的冷冰冰的大镜子……
> 江弩这个家伙真的好暖哦,所以啊,就算重来一次的话,我还是会忍不住对他动一点点心的。
> 真的只有一点点哦。

从前,有个人爱你很久

×

Text / 森木岛屿

〔壹〕我是僵尸哎，你不怕我吗？

夜里十二点半。

某女N号暗戳戳地溜进江弩的房间，瞥了眼身后沉睡的男人，然后转身对着镜子搔首弄姿，美滋滋地畅想着爬上影帝的床，从此走上人生巅峰。

忽然——

镜子里露出一颗小脑袋。她头发又软又长，肆意耷拉着，一双眼睛清亮湿润，额上贴着一张小黄符。

她略微一抬头，看见站在镜子面前的女人，四目相对，她眼角微微上挑，露出一颗小虎牙："嘻嘻嘻……"

"啊啊啊……"女人瞬间被吓得花容失色，裹着衣服疯了一样夺门而去，"有鬼啊！"

"嘻嘻嘻……"

床上的男人被惊醒。

他不满地皱了皱眉，从被子里伸出一只手，摸索着开了灯，屋子里瞬间亮如白昼。

他环视一周，目光掠过穿衣镜的时候，有几不可察的瞬间愣怔，眼底闪过一束光，然后紧皱的眉头慢慢松垮。

他一言不发地起身去关上了大开的房门，回来的时候，却被拦住。

穿衣镜前站着个眉清目秀的小姑娘，这会儿飞快地转过身站在他面前，龇牙咧嘴地冲着他直笑："嘻嘻嘻……"

江弩："？"

"嘻嘻嘻……"

江弩："？"

"嘻嘻嘻……"

江弩："……"

乔迟终于绷不住了，撩了把额头的小黄符，露出亮晶晶的眼睛，鼓着腮帮子无比气恼："我可是僵尸哎，你都不怕我的吗？"

"哦。"

他极其敷衍地应了一声，顺手从旁边的道具堆里捏了张和她额上相似的符文，"啪叽"一声贴自己脑门儿上："好巧，我也是僵尸。"

小姑娘好气哦，这个人类，怎么这样啊！

江弩说完话，撕了头上的黄符，闭着眼睛又稀里糊涂地爬回自己床上继续睡了。

只不过，他用被子埋住自己的时候，嘴角勾起一抹细微的弧度。

乔迟自然没留意，她现在满脑子都是这个人为什么不怕她？

她虽然来人间不久，但是不管有意无意，也已经吓到过很多人，哪一个见了她不是吓得屁滚尿流、抱头鼠窜的？唯独今天在这个人这里遭遇了自己"尸生"的滑铁卢。

这不科学！

莫不是，这家伙也是什么妖魔鬼怪之类的？

不行，她得去问问黑白无常大兄弟！

这么想着，她扭头就朝门外走，走到一半的时候，又突然停下来，瞄了一眼躺在床上的男人……不对不对，老黑老白送她过来的时候，是有交代任务来着。

可是……

她拍了拍自己的脑门儿，抓耳挠腮、苦思冥想大半天，然后不好意思地搓了搓手。

嘶……她……把最重要的任务给忘了。

这还怎么有脸回去？

算了算了，管他什么任务呢，她先玩玩再说吧！

至少——

得先好好证明下自己的身份，让床上这个家伙害怕不可！

〔贰〕鸡腿高于一切……

《聊斋》在这里的拍摄已经进行了三个多月。

眼下步入尾声，基本只剩下江弩之前出事时落下的几场戏。

因为照顾到江影帝身体状况，倒不忙着催促，戏份也都尽可能配合着他的时间来安排。

早上九点的时候，江弩才懒懒散散地醒过来。
结果一睁开眼，就看到近在咫尺被放大数倍的脸——
乔迟两只手分别撑着眼皮，眼球费力地往上翻，吐出舌头，像只小狗一样正对着他"扑哧扑哧"地呼冷气，喉咙里发出呜呜咽咽的声音。
江弩无端笑了下，下意识伸手拍了拍她的脑袋：
"早啊，乔僵尸。"
乔迟一秒破功，迅速松开双手后退几步，满脸难以置信："你知道我叫乔迟？"
他睡意消散大半，愣了下，然后恢复笑意，戳了戳她脑门儿上的黄符："喏，上边写着。"
"哎，我……"

"咚咚咚——"
乔迟话没说完，外面传来敲门声，经纪人宋琛站在门口试探着喊："阿弩，你醒了吗？我进来了啊！"
乔迟一秒变屎货。
大白天的吓到人，万一动静闹大就不好了，她任务还没做呢……虽然也不记得是什么任务了。
她下意识就要往镜子里跑去。
偏偏江弩笑看了她一眼，然后扬声应着门外的人："琛哥，我醒了。"
完了完了。

穿衣镜在房门边上,她现在冲过去搞不好要跟来人撞个正着。

房门"吱"的一声被打开。
"江弩你个浑蛋!"
情急之下她下意识出口,两个人都是一愣。
不对,她又是怎么知道这家伙的名字的?
顾不上想这么多了,她俯身就要往床下钻,结果一头撞床架上,"咚"的一声!
这床是"落地实木床",根本没有床底可躲!
她急得团团转。
忽然,她扫到床上隆起的一团,也不管三七二十一,一把将江弩推开,自己"嗖"地钻进被子里。

"一大早的,你在房间里干吗呢?"宋琛捏着剧本一脸八卦,还探着脑袋往里边瞄,"我可是听说,半夜那个叫什么羽的过来敲你门了啊……"
江弩接过他手里的剧本,不动声色地将他拦在玄关处,脑子里却是昨天晚上站在穿衣镜边冲他傻笑的那个姑娘,不由得勾了勾嘴角。
宋琛的表情瞬间跟见鬼了一样:"江弩,你……该不会真的在房间里藏人了吧?"说着就要推开他朝里边走。
江弩紧跟着后退几步,将人拦住,顿了顿,又忽然想到别的什么,没再挡着,自己率先转身朝里边走。
乔迟就这么屏住呼吸蜷缩成一团,听着房间里的脚步声和谈话声,在床上的被子里窝了近十分钟,心里简直又气又恼,恨不得分分钟冲

出去将那个家伙胖揍一顿再给生吞下去。

她只是想吓吓他怎么了？不给吓就算了，还故意带人进来算什么英雄？

小心惹急了我出去把你们全给吃了信不信！

出师不利也就算了，现在连二战都不顺！

乔迟好气啊。

就在她快绷不住要爆发的时候，被子"呼啦"一下被掀开，她还没来得及破口大骂，一阵肉香扑鼻而来。

烤鸡腿！

她的最爱啊！

"要吃吗？"江驽晃着手里的餐盒，俨然一副逗狗……啊呸，逗僵尸的模样。

算了，鸡腿高于一切……

乔迟疯狂点头，连这个讨厌鬼也不觉得讨厌了。

〔叁〕好想吃掉你们呀！

在连续啃了江驽一个礼拜的鸡腿以后，乔迟鬼使神差地答应了江驽不出这扇门的要求，也把黑白无常交代给她的任务彻底地抛在了脑后。

除此之外，她还从一只僵尸，变成了一个唯江驽马首是瞻的狗腿子。

嗯，吃吃喝喝混吃等死的那种。

但是，最让她好奇的是，江弩那个家伙竟然知晓她所有的喜好。

比如，他总能在她最想吃鸡腿的下午四点钟准时送来鸡腿。

比如，他煮给她的土豆烧牛肉总会记得不放青椒和胡萝卜。

比如，他用那只软绵绵的大灰熊，代替了她原本住的冷冰冰的大镜子……

还有——

他基本认识所有的汉字和英文，还能一口气报出四位数的加减乘除答案，看上去一点也不像脑子坏掉的家伙。

可是，哪里有正常的人类会愿意对一只僵尸这么好呢？

如果说他一直都不相信她是僵尸的话，那么，为什么他炖的汤里，从来挑不出哪怕一丝丝僵尸最怕的大蒜的味道呢？

是巧合吗？

乔迟想了一整个下午，也没能想明白这些问题。

算了，反正一直留在江弩身边混吃等死这件事情，想一想感觉好像也还不错。

于是，她安安心心地在鸡腿的香味中，抹着口水睡着了。

她做了好长一个梦。

梦里自己变成了人类，但是江弩变成了一只鸡腿，她将鸡腿抱在怀里舍不得吃，但是有好多小姑娘冲过来跟她抢。她跑得精疲力竭，突然很怀念那个身强体壮又高又大的江弩，这个时候，天空划过一道闪电……

差点晃瞎了她的眼。

她以为江弩要变身了,然后——

她醒了。

门口吵吵闹闹,透过来不及关严实的门缝,可以看到疯狂闪烁的镁光灯。

"有知情人员透露曾在您房间见过年轻女性出入,请问你们是情侣关系吗?"

"是否已经同居呢?"

……

还有更杂乱的声音。

"阿弩,你告诉他们这都是误会!"

"江弩你个骗子,三个月前公司还传出你因为女友车祸身亡而患重度抑郁,现在你就跟别的女人睡了。你就是个垃圾!渣男!"

"我听说那个女的什么都不会干,全靠你养着对不对?江弩你是在包养女人吗?"

……

也有不少人索性冲着里边大骂她毁了江弩。

乔迟小心翼翼地从床上爬下来,看到守在门口的那道身影,他戴着口罩、鸭舌帽,在拥挤中衣服变得有些皱,他鬓角有细密的一层汗珠,却依然紧咬牙关不肯松手。

她有点难过了,鼻子酸酸的,可是怎么也没有眼泪流下来。

原来,想和一个人一起到老,是这么困难的一件事啊。

她真想冲出去把那些人都吃掉,这些讨厌鬼。

可是不能啊,他们都是他的同类。

乔迟蹲在地上盯着门口看了好半天，然后转身过去，一点一点地扯掉了遮在镜子上的帏帘，抱着那只大灰熊，慢慢地钻了进去。

她临走之前看到了什么呢？

好像是那些人终于破门而来，哄闹着寻找房间里女人的蛛丝马迹。

不会有的，你们这群蠢家伙，我是僵尸呀。

是不会成为江弩累赘的小僵尸。

〔肆〕鸡腿是我的，你也是我的！

但是事实上，离家出走的第二天，乔迟就后悔了。

这里到处都是高楼大厦，没有深山老林，没有野鸡野兔可以果腹。

不管什么东西都得要钱钱钱！

她摸了摸自己压在帽檐下的小黄符，又摸了摸瘪瘪的小肚子。

饿啊！

想念江弩的大鸡腿，想念江弩的土豆烧牛肉，想念江弩的排骨玉米汤。

想念……江弩。

"您好！"

忽然被人拦住去路，她下意识地按着脑门儿后退两步，一脸警惕。

面前的小哥哥却是满脸温和，笑着递过来一张花花绿绿的彩纸，上面画满了跟她很相似的小僵尸："'幽九鬼屋'新开张，小妹妹可以来玩啊，关注我们微信号可以打九折哦！"

乔迟舔了舔嘴唇，迟疑半晌，才弱弱地开口："小哥哥，你们还

要僵尸吗?很逼真很敬业的那种!"

于是,乔迟得到了自己在人间的第一份工作。

本色出演,也算是专业对口了吧。

她穿一身白衣服,戴着比她身高还要长的假发,一直拖到地上,夸张的大红舌头耷拉出来,重要的是,她的小黄符,终于可以光明正大地露出来了。

僵尸牌女鬼上线!

完美!

嘻嘻嘻……

她换装完毕,然后钻进了自己的办公室——鬼屋。

她敬业地贴在门后,只等着胆小的小姑娘们经过的时候,突然从门后蹦出来,吓得她们哇哇大叫,然后她们就可以理直气壮地钻进男朋友的怀里就是了。

啧啧啧!

哼,有男朋友了不起啊!

乔迟酸酸地想着。

我还有江弩呢,我说什么了吗?

呃……

好吧,我暂时还没有江弩。

想念阿弩第四十三次。

事实上,做鬼这件事并不是很容易,除了忍受虐狗又虐鬼的心灵暴击以外,还时不时要忍受来自男男女女的拳脚问候。

三个小时后，乔迟捂着撞得通红的额角，委屈巴巴地躲在门后，打算偷个懒休息会儿。

还没来得及躲好，鬼屋里又嘻嘻哈哈拥进一帮人。

"呜哇哇！这里还有一只鬼，啊啊啊！"

"啊啊啊，快跑呀！"

……

"怕什么，看我的螺旋流星锤——"这时，站在最末尾的男生又挥着拳头折返回来，打算大展神威英雄救美。

哎哎哎，不得殴打工作人员啊！

乔迟下意识就想跑，却忘了自己身后就是墙壁，一个转身差点磕到鼻子，躲算是躲不开了，她大概是要迎来工作上的第六次胖揍了。

她绝望地闭上眼睛——

下一秒，她却忽然被人拽住手腕一把拖走。

来不及出声抗议，她已经被人拽着磕磕绊绊直奔出口，中途有好几次好像还踩到了对方的鞋子。

乔迟想着，可能是哪个糊涂虫在黑暗里又不小心拉错了人吧。

可是直到出了鬼屋大门，面前的人依然没有要松开她的打算，隔着挡住视线的松松散散的假发，她只看到对方一个黑色的侧影。

"先生？你现在可以放开我了吧？你好像认错人了。"

对方一声不吭也没有丝毫停下的架势。

忽然，她心里冒出一个不好的念头——

该不会是……遇上人贩子了吧？

哎，你拐错人了啊，我可是僵尸哎，没有心肝脾胃肾给你挖的僵尸哎，一言不合还会咬人的那种！

她索性一把拽掉假发冲着鬼屋老板呼救。

刚买完饭回来的小哥哥老远就看到自己早上刚招进来的小姑娘被人拖着走,他二话不说立马跑过去将人拦住,指了指旁边的提示牌:"不好意思先生,这只鬼是我们的工作人员……"

那人终于停下来,偏了偏头上的鸭舌帽,侧头扫一眼身边傻啦吧唧的小姑娘:

"不好意思老板,这只鬼是我家养的。"

那人一出声,乔迟就僵住了。

小哥哥看了看两人,忽然就明白了,好好好,你的你的!

"阿弩……"

"嗯?"江弩摘掉她头上的假发,小心翼翼地把小黄符折起来,然后摘下自己头上的帽子扣在她脑门上,语气温和,"你那天跑什么?"

"阿弩……"

"嗯?"

"阿弩……我……鸡腿还没领。"

小哥哥从后面追上来,笑着递过来饭盒:"小迟,你的鸡腿没带,喏,说好要给你的报酬。"

乔迟一下子乐了,喜滋滋地伸手去接:"谢……"

"谢谢。"江弩板着脸抢在她之前接过来,冷冰冰地道了谢,拽着她扭头就走,顺手拿了鸡腿直接塞进自己嘴里。

"阿弩……"乔迟眼睁睁地盯着鸡腿到了别人口中,流着口水可怜巴巴,"阿弩,鸡腿是我的。"

"嗯?"

他瞄了眼她眼巴巴的样子，弯了嘴角，然后转过身摩挲着她头上的小黄符："可是，你是我的。"

乔迟盯着他手里的饭盒疯狂点头，然后抱着鸡腿开始吭哧吭哧地啃起来。

〔伍〕好嚣张啊！

乔迟再也不跑了。

明明喜欢，何必要给自己找不痛快呢！

也不知道江弩是怎么解释的，总之这次回来，她再也不用整天躲在房间里了。

反而——

她觉得，那个在一众粉丝眼里高冷的江弩大佬，似乎变成了小奶狗，时时刻刻不忘用鸡腿威逼利诱她在身边跟着。

以至于《聊斋》拍到最后的时候，整个剧组的人都学会了用鸡腿逗乔迟，什么"乔迟你看我手里有什么呀，你最爱的鸡腿哟"，什么"乔迟你去帮我倒杯水，我请你吃鸡腿呀"……

乔迟觉得自己的人格受到了侮辱。

她决定跟罪魁祸首——江弩，适当地"保持距离"！

"乔迟！"

江弩拍完外景戏回来，冲她招了招手："你自己在这儿玩会儿，我还有最后一场戏，拍完带你去吃鸡腿。"

"嗯嗯……"

乔迟胡乱应着声,看也没看他,还特意默默地后退了两步,丝毫没有之前的热情。

江弩皱了皱眉,对小僵尸突如其来的冷漠表示不解,但是也来不及多问,就被导演喊去现场。

乔迟乐了,美滋滋地冲他摆了摆手。

啊,自由的空气真好。

她终于不是狗腿子了。

她深深吸了口气,舒展身体伸了个大大的懒腰,想着出去买点食材研究美食攻略,犒劳犒劳自己吃顿大餐。

钱包、钱包!

她转身朝江弩的休息室溜过去。

她刚走到门口,发现里边有鬼鬼祟祟的身影——怎么,这里也有小偷?

小偷要是遇见僵尸会怎么样?

嘻嘻嘻……

她捏了捏自己的脸,吐着舌头。

结果,她还没来得及翻白眼冲进去,里面那人磨磨蹭蹭地往后退,一个转身,一人一僵尸,撞了个满怀。

"啊——"

"啊——"

异口同声,两人双双被对方吓了一跳。

乔迟往后退两步,看着对面的人,皱了皱眉头,想了好半天——

这人有点眼熟！

不就是……她刚来的那天碰到的那个在镜子面前搔首弄姿的女人吗？

姜羽也愣了一下，在看清来人以后表情反而变得越发复杂，隐约藏着点畏惧的眼神里又带着浓浓的不屑："你不就是整天缠着阿弩的那只小尾巴吗？"

呵呵，来者不善。

乔迟学着她的语气："你不就是整天想着爬阿弩床的那个……坏女人？"

姜羽被噎了一下，气结，不自觉地提高了音量："你到底是个什么东西？整天缠着阿弩不放有什么目的？你知不知道事业对阿弩来说意味着什么？"

可是，我喜欢阿弩啊。

乔迟还是没觉得自己有什么错，被人莫名其妙地凶了一道，好心情瞬间一扫而空，蔫蔫地低着头。

"你这……"

姜羽见状刚想继续再训下去，一抬眼瞥见门外闪过一道熟悉的身影，于是挑着嘴角忽然放柔了声音："阿弩对你那么好，可是你呢？你每天想得最多的是什么？"

"鸡腿！"

乔迟下意识地脱口而出，反应过来又捂住自己的嘴巴，这话要是让江弩听到，那他多可怜？

哎，这个女人好烦啊。

乔迟不想再跟她废话了，打算绕过她直接去拿钱包。刚迈开步子，

却忽然被人捉住手腕狠命一拽,她一个重心不稳跟跄两步,帽子歪掉。

小黄符耷拉下来。

姜羽挑眉伸手去拽。

乔迟立马捂着脑门儿后退两步,彻底怒了:"我跟江弩怎么样关你什么事啊,你怎么这么烦?我就是喜欢他做的鸡腿怎么了,碍着你什么事了?我不想知道事业对他来说意味着什么,但是我知道我对他来说意味着什么,没有工作他不会死,但是没我他会!"

她一口气说完,差点一口气儿上不来。

说完,她又觉得,好嚣张啊!

再看姜羽的脸色,她勾着嘴角,一副看好戏的模样。

身后一道阴影压迫而来。

乔迟心里"咯噔"一声,慢吞吞地回过头:"阿弩……"

"嗯?"他敛眸,没什么表情,"我回来拿钱包。"

他也没看旁边的姜羽,迈着大长腿径直绕过她,拿了桌上的钱包,转身朝着乔迟伸手:"走吧,说了等会儿拍完这场戏带你去吃鸡腿。"

乔迟心虚地点了点头,老老实实做回狗腿子。

"江弩!"姜羽将人喊住,"她刚才的话,你听到了吗?江弩,我提醒你一句,江山、美人不可兼得,你想好了!"

乔迟悄悄地看着身边人的表情,心里七上八下的。

江弩低头看了她一眼,笑。

他转过头看着姜羽反问:"她刚才的话,你不也听到了吗?"

姜羽不解。

他略微俯身,将身边小姑娘的帽子重新扶正,漫不经心地笑:"她说得对，没有工作我不会死，没有她，我会。"

乔迟觉得，僵尸做得久了，心脏好像都坏掉了。

跳太快会不会死啊？

可是，她已经是僵尸了啊。

她摸了摸胸口，看着身边的这个家伙，忽然觉得——

哇，他也好嚣张啊！

〔陆〕阿弩，我没有家了

娱乐圈当红影帝江弩公布恋情的那天，正值《聊斋》上映。

一帮粉丝对着荧幕纷纷哭红了眼睛，心碎了一地，也有不少人自我安慰称不过是为新片炒作罢了。

微博热搜里一时间全是关于江弩恋情的消息。

"阿弩……"乔迟躺在床上划拉着手机。

"嗯？"

"你掉粉了怎么办？要是以后没有人喜欢你了，你就再也拍不了戏了，那我以后就没有鸡腿吃了？怎么办啊？"

"嗯？"埋在被子里的人翻了个身，笑，"怎么办？"

"我觉得我上次说错了。"

"嗯？"

"没有我你不会死，但是没有工作你会赚不到钱，会饿死。"

旁边的人笑意更重了些。

乔迟支着脑袋又想了想："算了，没事，没有工作你也不会死，

我可以养你啊。我回鬼屋上班,赚鸡腿养你,阿弩你赚啦。"

"嗯。"他笑。

好半天。

客厅里突然"砰"的一声,传来玻璃炸裂的声音。

乔迟心里"咯噔"一下,顾不上穿鞋子就往外跑,原本高高大大的穿衣镜四分五裂,满地碎片。

她耷拉着脑袋慢吞吞地爬回去,死气沉沉地趴在床上:"阿弩,我没有家了。"

"别胡说。"

江弩迷迷糊糊拍了拍床,长臂一伸,将整个人……哦不,将整个僵尸一把搂过来:"说什么胡话呢,快睡觉。"

她得逞般"嘻嘻"一笑,听话地闭上眼睛。

夜色里,她的身体开始泛着荧荧光芒,额间的黄色符文也慢慢散去,逐渐恢复人体的温度。

黑白无常提着酒瓶子,醉眼相视,嘿嘿一笑:小家伙,输了吧?

那一天,女孩子因为误会与男友分手,信誓旦旦地说不会再喜欢那个浑蛋,可是遇到车祸的关键时刻,她还是毫不犹豫地舍弃自己保住对方一命。

可是,比死亡更让人绝望的,是自欺。

所以,即便黑白无常从一堆横七竖八的酒瓶子里扯着生死簿,一脸诧异地看着她:"哎,这不科学啊,你明显阳寿未尽……"

她还是一脸生无可恋的平静:"阳寿未尽你们就不收了吗?我不要阳寿了,行不行?哪来那么多废话,直接带我走就是!"

黑白无常醉眼相对,还是第一次见这种人,阳寿都不要啊?

接下来让他们大跌眼镜的是,这个小姑娘二话不说拎着他们的酒瓶一通狂饮……

哎!

我们的酒不要钱的啊?

……

然后,两个醉鬼变成了三个醉鬼。

"好吧,虽然你说你不喜欢他了……嗝!"白无常打了个酒嗝,有点为难,"但是你也不能不相信爱情啊,我们阎王小姐姐最近正追月老小哥哥呢,整个阴间都是满满的少女心,你这样的负能量是会打击到我们阎王小姐姐的!"

黑无常说:"再说了,你阳寿未尽,我们是不会要的!"

白无常点头:"对啊对啊,世界如此美好,你却如此暴躁,不好不好!"

躺在三生石上的小姑娘醉眼蒙眬,一言不发。

"所以,英俊而伟大的我们,有义务让你重拾信心,见证爱情的奇迹,怎么样?有没有很感动?"

感动个屁!

老子只想死一死,你却跟我讲这些大道理!

只是,这些话她还没来得及说出口,突然,额间一凉。

她隐约看到黑白无常指间的荧光,意识却逐渐不那么分明……

　　白无常叨叨:"帮你捏个符,来赌一把啊,要是我们输了,二话不说带你回阴间;但如果你在人间重新爱上他,就算你输,到时候,这符自动消散,你恢复阳身肉体,继续你未尽的阳寿,就别找上门来给我们添堵了好吧?"

　　黑无常插话:"也别来喝我的酒了,每个月就那么点俸禄,买不起酒了!哼!"

　　……

　　其实,乔迟不知道的是,在她买醉不醒的数日里,江弩也去过黑白无常面前一趟。

　　早在他们把那个家伙也赶回去的时候,他们就笃定,这赌局,他们稳赢。

　　你看,就算你变幻一千一万种样子,重来一千一万遍。他都还是会在第一千一万零一次记得你,然后爱上你。

　　白无常气哼哼:"有点矛盾就怀疑爱情怀疑人生?一点气量都没有!"

　　黑无常点头赞同:"就是!什么年代了!还玩殉情的把戏!"

" 小恋爱

手残少女的"吃鸡"日常

×

Text / 子非鱼

〔壹〕落地成盒

距离游戏开始还有三秒。

打开直播,打开语音,开局第一步。宋若清了清嗓子,跟自己的三个队友打招呼:"你们好。"

头顶ID叫"吃鸡大户"的队友回复道:"妹子你好啊。"

是很清淡的嗓音,干干净净的,又带着点性感的微磁。

宋若道:"小哥哥好。"

其他两名队友有一个名称已经灰了,看样子是掉线了;另一个没有开语音,不知道能不能听见她说话。

宋若勾了勾唇,看向电脑屏幕。

屏幕上只露出了她的双手和暗色调的游戏画面。

此刻,弹幕正在疯狂刷着一句话——

"心疼即将被坑的这位小哥哥!"

没错，宋若是一个游戏博主，每周都会花一个小时时间直播玩《绝地求生》，也就是所谓的"吃鸡"，平时也会不定时发一些"吃鸡"的短视频。

她从大一开始发视频或直播，一年多时间下来竟然也积累了九十多万粉丝。

因为她直播时从不露脸，和其他"妖艳主播"很不一样，所以人送称号"蒙面吃鸡王"。

宋若欢快地接受了这个称呼，并且转头就把自己的各个ID改成了"蒙面吃鸡王·若"。

"妹子，我这儿有98K，你要吗？"江麓装备好自己，转头去找宋若。

"要的，要的。"宋若乐颠颠地跑过去，顺便在房子的客厅里捡了个一级头盔。

听到脚步声，江麓举起枪，道："小心，外面有人来了。"

枪头从窗口伸出，二倍镜内视线更加清楚地搜寻着敌方鬼鬼祟祟的身影，然后"砰砰"几枪，打得那人蓝血直冒，一个眨眼间，变成了闪着微光的盒子。

他从窗口跳下去，跑到盒子旁边，一打开，发现里面好东西不少。

"妹子来找我，三级防和三级甲留给你。"

宋若跑过去把东西捡起来，感动地说："小哥哥你人真好……不过，我有件事情想告诉你……"

这时，弹幕又刷一拨，十分热闹——

"若若，不要啊，人家对你多好啊！"

江麓正聚精会神地警戒观察四周,道:"什么事,你说。"

"其实我……"耳机里传来的女声软软糯糯的,还有些欲言又止。

"已经有三级甲和三级防了?"江麓猜测道,"还是没有子弹了?"

宋若为难地皱着眉:"都不是……其实我……我……我是个男的!惊不惊喜?意不意外?"

……

对方很合时宜地沉默着。

宋若切换了变声器,粗犷的男声传到各个角落:"兄弟?"

没人应,宋若又喊:"吃鸡哥?大宝贝?"

原本在她身边的人物迅速退开数十米。

这时对方的声音传过来,是气急败坏的一声:"我去!"

最近微博上很流行变声器这样的玩法,很多"吃鸡"博主都是这样坑队友的,刺激又好玩。

宋若挺理解吃鸡哥的,她正准备开口安慰安慰他,突然看到他的枪口对准了自己。

"兄弟,兄弟别这样啊!"她觉得她的嗓音挺好听的啊!

"其实我爱你啊……你别……啊!"

一声惨叫过后,宋若对着黑掉的屏幕,叹了口气。

〔贰〕狂暴战士

他真挚的感情被欺骗了。

江麓戳了戳泡面盖，神情冷漠。

正刷着微博，上铺的冀子川抬脚踢了踢他："'吃鸡'走一拨？"

江麓仍然处在这个坎儿过不去，闻言一脚踹回去："走你大爷！不走！"

"不走就不走，凶什么……"

在冀子川的絮絮叨叨中，江麓刷到了一条推送。

是某个博主转发的一个"吃鸡"游戏视频。

点开视频，江麓一张没什么表情的脸，逐渐生动起来，面上不知道是欣喜还是愤怒的情绪交织在一起，显得整张脸十分狰狞且扭曲。他咬着牙，一个字一个字地往外蹦："呵，找到你了。"

关注了"蒙面吃鸡王·若"的微博后，江麓开始每天默默窥屏。

冀子川说他这种行为很猥琐。

宋若的直播在每周六的下午一点，准时打开直播后，她按照惯例先跟粉丝们问好。

出现在视线里的依旧是那双素白的手，手指纤细修长，指骨分明，第二根手指和第三根手指间还有颗小痣。

手腕上的银质软链镶着碎钻，熠熠闪光，弹幕里有不少问她要手链链接的。

宋若打开游戏，跳出一条开局邀请，惊讶地道："咦？居然有人邀请我？"

她点了同意,这把是双人开局。

冀子川从上铺跳下来:"带妹这么浪漫的事情居然用我的号?你没发烧吧?"

江麓冷笑一声。

自从自己被欺骗了感情后,他就日日夜夜地想着要报复回去。

两天前,他在自己游戏里安了变声器,又借了冀子川的游戏号,尝试着加了宋若,没想到宋若居然同意了。

"滚一边去。"

喊,真不友好。冀子川手才扶上门把手,江麓又说:"滚回来的时候给我带份饭。"

宿舍空了下来,江麓打开语音:"小姐姐,请带我'吃鸡'。"

他的声音经过变声器的转换,变得细声细气、甜萌甜萌的,像个未成年的小女生。

宋若一听,心都酥了半截:"好好好,大宝贝,要什么都给你。"

又是大宝贝,江麓咬牙切齿:"谢谢小姐姐。"

真乖。宋若露出姨母笑:"不谢不谢,你有急救包吗?过来,我给你。"

"好。"

宋若找到了一辆车,载着江麓翻山越岭,他心情好到可以哼歌,小甜音磨磨蹭蹭的:"小姐姐,其实有件事我一直没有告诉你。"

宋若下了车,正准备去捡装备:"什么?"

江麓扬眉吐气,切换了变声器,换回男声,笑得十分瘆人:"其实……老子是个男的,哈哈哈!"

"What（什么）？"

江麓一雪前耻，狞笑道："你怎么了呢，大宝贝？"

宋若一口气堵在喉咙里："死变态！你离我远点儿！"

江麓很满意对方的表现："死变态？风水轮流转，你不会忘了几天前那个被你祸害的吃鸡哥了吧？"

"兄弟，有话好好说！我还要'吃鸡'啊！"宋若大喊。

就在这时，他给了她几枪。

倒地之前的最后一秒，宋若想的是：苍天饶过谁……

〔叁〕带妹上分

看客们无情地用"哈哈哈"刷爆了屏幕。

这几天，她撩人不成反被消灭的事迹已经传遍了整个微博，甚至因此还涨了几万粉。

粉丝们安慰她"因祸得福"，但她并不是很想要这个"福"，这简直是她直播以来唯一的污点。

宋若心情久久不能平复，关掉直播，打算出去走一走。

最近天气越来越热，她穿着裙子飘飘悠悠的样子，像朵白兰花。

食堂里喧闹异常，因为复仇成功，江麓心情大好，正排着队打算点餐。

冀子川突然掰过他的肩膀，低声道："八点钟方向，有个美女。"

闻言，江麓分给那美女一眼，白裙子、长头发，长得还行，他又

转过身子:"然后呢?"快要轮到他点餐了。

"我的麓哥,你都不觉得有一种心脏要跳出来的感觉?"

"没有。"江麓端着餐盘走开,他可是发誓今天一定要吃到鸡的。

自从遇到蒙面吃鸡王后,他就再也没吃过鸡了,真是让人头大。

开电脑,戴耳机,登上自己的号后,江麓居然收到了蒙面吃鸡王的游戏邀请。

其实宋若也不想邀请他的,事情是这样的——

她因为套路吃鸡哥,和被吃鸡哥套路的两个视频涨了一大拨 CP(情侣)粉,现在粉丝已经有一百万了,按照规矩,她要发一个粉丝福利视频。

粉丝们纷纷要求她和吃鸡哥组队,给出的理由是:吃鸡哥和吃鸡王的强强联手,一定很有看头。

她竟无法反驳,于是就有了这一幕。

"小哥哥?"宋若操控着人物去蹭蹭队友,系统人物总显得十分猥琐,"还生气呢?"

"呵!"江麓冷哼一声。

"我知道错了,咱们今天一定要'吃鸡'好吗?"宋若虔诚地跟着他。

江麓:"不跟你吃,各吃各的。"

宋若刚组织好下一句话,忽然一阵枪响,她红了,血条唰唰地掉。

宋若哭天抢地:"大哥,咱们别互相伤害了好吗!大哥!"

"不是我。"江麓瞄准她身后的人,出手快狠准,击毙。

宋若苦瓜脸:"谢了,快拉我一把。"

江麓伸手拉了她一把。

她又活了,觉得自己还能再皮一下:"你这个人,就是嘴上说着不要不要,身体其实很诚实嘛!"

……

〔肆〕我命由我

枯燥的讲义内容加上夏天闷热的气氛,让人想睡觉。

台上校长喋喋不休唾沫横飞地说着"为了可持续发展",江麓揉了揉眉心,上下眼皮都在打架。

冀子川坐在他身边,小声问他:"麓哥,说真的,你是不是恋爱了?"

江麓皱着眉头:"滚,谁跟你说我恋爱了?"

冀子川不信:"否则你怎么天天抱着手机,时不时傻笑,晚上十二点都不睡觉?嘴里还喊着大宝贝?这不像你。"

江麓一巴掌呼在他脑门上:"你有空想这些,怎么不多想想怎么追到你的白月光!"

冀子川忽然深情地握住他的手:"因为我爱你,胜过爱自己。"

"你滚一边去!"

"说正经的,我觉得你需要找个人代替游戏。"冀子川伸手一指,指向他们这一排的某个座位上,"比如她。你看,是不是缘分?"

冀子川说的是上回在食堂遇到的那个妹子。

礼堂的灯光有点暗,江麓扫了一眼后继续闭眼假寐。忽地,他睁

开眼,吓了正要找他说话的冀子川一跳。

"麓哥?"顺着他的视线看过去,冀子川看到那妹子交握在一起的双手。

很漂亮的手,手腕上应该是戴了一串手链,偶尔灯光打过来时会折射出细碎的光芒。

不会这么巧吧?

江麓走出礼堂,那妹子已经不在了。

冀子川追出来,气喘吁吁:"我理解你作为一个宅男,看到漂亮妹子的反应,但是不能丢掉你兄弟啊!"

江麓懒得理他。

下午没课,宋若离开学校回到家,躺在床上,懒得开电脑了,就用手机登了游戏。

吃鸡哥不在,她只好自己开局。

过了一会儿,她觉得实在没意思,中途又退出,窝在床上睡了个天昏地暗。

您的好友"吃鸡大户"发来邀请,接受或拒绝?

宅女的日常,就是睡醒打游戏,当然是接受啊。

宋若看了眼窗外,边感叹又是一天过去了,边和吃鸡哥闲聊。

"一会儿加个联系方式啊大宝贝,以后要打的话就发个消息。"

"行。"

江麓加上她的微信，心里那点怀疑终于被打消。

她的朋友圈很干净，跟她在游戏世界展现的形象毫不相同。

她会时不时地发一发风景照，重点是，这些照片里就有 B 大校园。

丝毫不知道自己已经掉马甲了的宋若发去消息："今天好累，不打了，明天上午还有课。"

"好，晚安，大宝贝。"

冀子川说得好像有点道理，他看起来，真的像在恋爱。

〔伍〕人体描边大师

宋若正准备进教室上课，忽然一个身影快速挡在了她面前。

这人双手撑着教室门框："妹子，我有个小小的请求。"

宋若挑眉，意思很明显：说。

冀子川嘿嘿一笑："请你和我朋友谈个恋爱。"

正着手准备"怎么让宋若受到惊吓，发现游戏里的人居然在她身边"的江麓，做梦也想不到，宋若现在正站在他面前。

像朵娇花。

冀子川捅江麓的胳膊："哥，给点反应。"

江麓后知后觉地问："她知道了？"

"不然人家能来见你？"

江麓咬牙切齿："冀子川你这张破嘴！"

宋若一脸戏谑地盯着江麓："大宝贝，你看到我不开心

吗?"

男生不像她设想的"窝在宿舍蓬头垢面、邋里邋遢,连上衣都是格子衬衫"的形象,反而有些好看,整个人看起来干净、清爽,像晨间洒在走廊的第一缕光。

她悄悄松了口气,连自己都不知道为什么突然浑身轻松起来。

"你什么时候知道是我的?"宋若边走边问,听起来有些苦恼,"我做得很隐秘的啊。"

梧桐大道茂密拥挤的树叶间落下暖黄色光线,两旁的绿意绵延无边。

现在是上课时间,路上没什么人,有也被冀子川赶走了。

两人之间的气氛有种莫名的和谐,江麓低了低眼睛,瞥到她右手第二根和第三根手指之间有颗小痣。

"多亏了冀子川,他一直对漂亮女生很有执念,每次见到都会叫上我一起看。上回在食堂碰见过你一次我没注意,后来又在礼堂遇见,我看到了你的手链。"

宋若想过很多理由,没想过自己居然败在一条手链上,一时间有些无语。

过了一会儿,她又想起什么:"等等,这就证明……你知道我的微博?"

"你的微博很显眼啊。"江麓笑道,"'蒙面吃鸡王·若'这种散发着恶势力的名字,也就配你正好。"

"大宝贝,做人要厚道。"宋若不服气,"你那个'吃鸡大户'又能好到哪儿去?"

"比你的好。"

"放屁!"

"保持形象啊,大宝贝。"

"滚!"

两人从口头上的互相伤害转战到了游戏里互相伤害。

宋若只捡到一根撬棍,江麓比她好一点,捡了口平底锅,两人吭哧吭哧地对打,身上都挂了彩。

冀子川坐在两人身边,仰天叹了口气:"我就没见过你们这样的。"太不上道了。

江麓扫他一眼:"少废话,急救包丢给我。"

宋若大吼:"别听他的,给我!"

〔陆〕躺鸡

"若若十有八九恋爱了。"

最新更新的视频传到微博后,评论区被顶到第一的就是这条评论。

位居第二的评论是这位粉丝的推理:

1. 若若平时视频都是不定时更新的,最近一连四个星期,居然都在每周三下午一点准时发布。

2. 若若直播玩游戏喜欢叫合眼缘的队友为"大宝贝",大家有目共睹吧?但是,现在这个称呼也不见了。

3. 若若手上的手链,就那条从去年戴到今年的手链,换了!

综上所述,若若恋爱了。而且我猜测,恋爱对象是吃鸡哥。

不知道大家有没有发现,若若最近和吃鸡哥玩双排的情况多了起来?而且"大宝贝"这个称呼,若若现在只对吃鸡哥用。

至于新的手链,应该是吃鸡哥送的。

"啪啪啪……掌声送给你。"

宋若回复这名粉丝。

过了一会儿,电脑上的微信图标跳了起来。她家大宝贝给她发消息:"'吃鸡'吗?"

"来来来。"

对方没有回复,反而打了个电话过来:"宋若。"他的语气是从未有过的严肃。

宋若正在登录游戏,背景音乐和说话的声音混在一起:"怎么?"

听筒那边的声音听起来有些咬牙切齿的愤怒:"玩游戏答应得倒是利索,约会怎么不见你这么积极?"

"这哪能混为一谈?"宋若领完今日份的礼包,就组队邀请了江麓。

"我好玩还是'吃鸡'好玩?"话是这么说,江麓接受组队邀请的动作却毫不拖泥带水。

宋若开了四人局,道:"别闹了,谁好玩你心里没点数吗?"

对面迟迟没有说话。

宋若心里"咯噔"一下,试探地道:"大宝贝,还在不在?"

那端的人依旧没有说话,电话却被挂断了,"嘟嘟"声在空荡的房间里回荡。

属于江麓的游戏人物也一直在原地没有动,很像是在挂机。

宋若后知后觉——

完了,玩脱了。

这时,门铃响起。

宋若把游戏人物藏在房子里,去开门。

江麓站在门口,手里拿着手机,没有操作。

"你怎么来了?"宋若有些心虚,把人请进门。

江麓盯着她的电脑屏幕好一会儿,冷笑着把手机放在桌上,抓过面前讪讪的人,一把吻了下去。

柔软、温热,像清甜的果冻。

不吻则已,一吻上瘾。

吻毕,他问:"我好玩还是'吃鸡'好玩?"

宋若这辈子没这么缺过氧:"你好玩。"

这时,电脑屏幕上缓缓地刷出几个字——

大吉大利,今晚吃鸡。

画外音:

四人局里的另外两个兄弟十分无语:

但是,我们能怎么办?当然是带他们躺赢。

Chapter.4 请你用力地去生活

我喜欢你,
你不喜欢我怎么办?
生活还是要继续,
大不了,我把你
放在心里喜欢呗。

> ## 小荣耀

他问：为什么要做这一行？

她说：你教我的，卧底的最高素养就是连自己都时常忘记，我还是个警察。

谨以此故事，
献给那些无名英雄们。

而风，从未停止

×

Text / 海殊

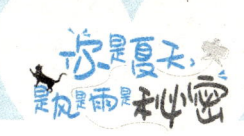

〔壹〕

深夜的火车轰隆着穿过山洞。

车厢里寂静无声。

方毅有些失眠,他摸出枕边的手机看了看,深夜两点十二分。

火车在一个叫阳县的小地方短暂停留了十分钟,没多大一会儿,旁边的车厢里传来开门的声音。

刻意压低的对话隐隐传来:

"钱带来了没?虎哥可不是有耐心的人。"

"我曹飞办事儿您放心,既然是虎爷派您来的,只要到了地方,我们立马一手交钱一手交货。咱们进去说。"

虎爷居然派了个女人来和曹飞接头?

这个想法刚刚冒出脑子的时候,方毅整个人已经条件反射地从床上弹了起来。

他敲了敲床架:"都别睡了,人出现了!"

顶上的床铺瞬间坐起来两道人影。

方毅按亮了床头橘黄色的小灯,上铺的队友看了看车窗外隐隐的月光,压着声音:"这深更半夜接头,也真是够小心的。"

对面床的人嗤道:"干他们这行能不小心吗?去年那批货没有追回,文物管理局那帮老头子天天聒噪,毅哥更是被缠着一个小时都没有消停过。"

方毅整理着手上的皮套,没有参与这个话题。

刚刚隔壁车厢对话里出现的虎爷出生于内蒙古,盗过不知多少大大小小的墓穴,游走在文物挖掘和走私贩卖这条线上二十多年。不过此人聪明又狡猾,作案无数愣是没被人抓到过。

而曹飞这条买家线,他们刑侦大队已经跟了整整一年的时间。

这次说什么都不能把人给放跑了。

隔着一面车壁始终是抓瞎,方毅给队友使了个眼色,打开厢门走了出去。

他没有刻意放轻脚步。

车厢里隐约的对话声戛然而止,一个三十岁左右的男人警惕地探出头,不善地看了一眼路过的他。方毅穿着灰扑扑的外套,睡眼惺忪、刻意抓乱头发的样子看起来就像个平平常常的旅客。

方毅回看了一眼,扯着嘴角:"哥们儿,还没睡?"

对方并没有回答,直到看着他进了厕所。

出来的时候,他发现那个男的已经缩回去了。

他在吸烟区点了一根烟,看了看车厢的位置没有挪动,拿出手机

给队友发了条消息:"确认是曹飞,把人看紧了。"

刚把手机放回兜里,发现车厢里又出来一个人。

这回,是个女人。

对方穿着一身紧身黑衣,戴着鸭舌帽和口罩,完全看不见脸。

吸烟区就在厕所旁边,两人的距离逐渐拉近,就在相差不到一米的时候,职业习惯使然,两人基本上是同时出手。

"哐当"一声,他们撞进了厕所。

狭小的空间并不利于打斗,加上方毅的身手远远胜过大多数人,所以很快将人制伏。扯下对方口罩的那一瞬间,这个向来习惯发号施令的刑侦队长瞳孔骤缩。

"舒锦。"这个名字,基本上是从牙缝里面蹦出来的。

女人有一张明艳动人的脸,但是眼神却满含讥诮:"方队,别来无恙。看在大家以前一起共事的分上,我是来劝你最好不要多管闲事的。"

卧底被策反,"舒锦"这个名字早就上了局里的黑名单。

方毅却反手摸上了女人的下眼睑,凑近她的耳边轻声说:"我们之间什么时候变得这么生分了?嗯?舒锦,你最好祈祷这次不要落在我的手上。"

〔贰〕

"你是说舒锦?"队友罗铮问。

方毅整个人隐在黑暗中看不清表情，他猛吸了一口手上的烟，半天之后"嗯"了一声。

几个队友面面相觑。

干他们这行的都知道，方毅还没有任职刑侦队长的时候，舒锦就已经跟在他的手底下了。那个时候她刚从警校毕业，是方毅手把手教出来的学生。

可就是这样能把身家性命交由对方的战友关系遭到了背叛——去年那批文物没有追回的原因，就是舒锦把方毅给卖了，导致方毅身受重伤，差点直接退出一线。

罗铮和方毅多年搭档，伸手拍了拍他的肩膀，然后才分析说："现在情况发生了变动，照目前的形势来看，舒锦现在是虎爷的手下，但她对我们太了解，接下来大家务必小心行事。"

"可她已经知道我们在火车上了啊。"有人提出疑问。

罗铮看了看角落里没有说话的方毅。

方毅站起来，淡淡地说："实施第二方案。"

等到他推门出去了，来队里没多久的小吴才小声问罗铮："罗哥，我怎么觉得队长和那个舒锦之间怪怪的，她是不是没被策反呢？是我们的人吗？"

罗铮给了他脑袋一个栗暴："以后少看一些乱七八糟的电影。"

他们也是出事之后深入调查才发现，这舒锦的祖上就是盗墓发的家，只是最近两代转业之后低调了不少。

说舒锦是卧底被策反也不完全正确，也许他们一开始就是被人耍的一方。生活在那样的家族里，如果舒锦野心勃勃，当初入警校，也

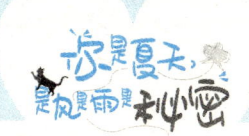

是抱着最危险的地方反而最安全这样的想法,那真是玩得一手好反间计。

小吴奇怪:"不就是个女人嘛,能厉害到哪儿去?"

"两个你加起来都未必斗得过她,你说她能厉害到哪儿去?"

加上这个女人还曾经在被称为"魔鬼教练"的方毅手底下调教了那么长的时间。

所有人一夜未眠。

时间到了早上五点半左右,远处的天边泛起了鱼肚白。火车驶进这座海滨城市,速度渐渐慢了下来,车厢里也开始有人走动。

罗铮找到方毅的时候,他正站在两节车厢之间的连接处,是刚好能看见曹飞他们那个车厢门口的隐蔽视角。

"查到了没?"方毅问。

罗铮:"查到了。说起来这虎爷和舒家还真有那么点儿渊源,祖上曾一起共过事。算起来,她还得称这虎爷一声前辈。只可惜这舒家都从这行跳出来了,谁承想几十年后舒家又出了这么个舒锦呢?"

方毅点点头表示知道了:"火车还有十分钟就会停下来,到时候场面一定很混乱,提醒我们的人,千万不能跟丢了……有人来了,别往回看。"

罗铮的背瞬间绷紧。

"兄弟,借个火。"是曹飞。

方毅顺势从兜里掏出打火机扔给他。曹飞看了看他们两个人,接着搭讪说:"两位来这边干吗?旅游还是工作?"

罗铮不动声色地看了一眼方毅。

很明显，曹飞的警惕性非常高，任何风吹草动都可能让他起疑。

方毅一手拍在罗铮的肩膀上，状似随意地说："工作丢了，和兄弟一块来这边碰碰运气。"

"那很好啊，大家见面就是缘分，刚好我有车，出了车站送二位一程？"

"不用了。"

"别这么客……"

"曹哥。"后面突然有人叫他。

三个人同时望过去，看到的是斜靠在门口的舒锦，她双手抱在胸前，连眼角的余光都没有给方毅和罗铮，分明是在警告曹飞不要节外生枝。

看样子，曹飞很是忌惮她，不再纠缠，转身回到车厢。

罗铮踢了踢墙骂："看这曹飞不顺眼很久了，做死人生意也不怕折寿，要不是需要他这条线，早把他抓起来扔牢里喂蚊子了。"

"克制一点。"方毅警告他。

罗铮深吸了口气又突然问："这舒锦可又帮了咱们一回，别跟我说你俩余情未……"

他剩下的话被方毅一个眼神堵在了喉咙里。

方毅看了看被关上的那扇车厢门，眼神沉如墨，出口的声音更是不带丝毫感情："她和曹飞不过就是利益牵扯，自然没必要为了他惹来不必要的麻烦。"

"可……"

可你们当初并肩的那两年，所有人都以为你们会走到最后的。

做他们这行，没有谁有资格许诺说白头到老一生一世，能预料到

最后惨淡的分开无非就是死别,而不是背叛。

没人知道方毅究竟在想什么。

〔叁〕

火车到达的这座海滨城市俨然已经成了近年最大的文物倒卖走私的集散地和中转站。据从线人那里得到的消息,他们交易的地点在海边的一个小渔村,文物一旦出港,要不了多少时间就会出现在国外的交易市场上。

早上八点。

一辆普普通通的大众车在一辆面包车后面,不紧不慢地跟了一个多小时。路边高大的椰子树不断地往后倒退,腥咸的海风吹得人渐渐烦躁。

"我怎么感觉他们在绕圈子呢?"有人说。

队友拍了拍司机小吴的座椅说:"你不会让人给发现了吧?"

"跟这么远不能吧,他们又不是学刑侦的,还有这反侦察能力呢?"

"那就陪他们绕,看谁拖得过谁。"

他们有的是时间玩猫捉老鼠的游戏,毕竟此时队长估计已经带着人摸进了村子。

方毅等人一直蹲到下午,在一个废弃的停车场附近和舒锦一行人正面对上。

她带了不少人。

唯独没见到虎爷和曹飞。

"方队,看来我低估了你们,速度很快。"

脱下了那身制服,女人永远是一身黑衣从头裹到脚。如果是很早以前就认识舒锦的人会发现,一年不见,她的变化很大。

当初那个在队里虽然雷厉风行,但还能随时和队友开开玩笑的姑娘,完全消失了。

她的眼里盛满了野心,浑身上下都带着长时间游走在边缘地带的那种气息。

是危险致命的。

方毅右手端着枪,左手扯了扯领口问:"人呢?"

"你说谁?"舒锦笑得轻慢。

"舒锦,我再问你一遍,不要跟我绕。"

舒锦完全无视他手上的枪,往前走了两步说:"这个渔村人口密集,要是不小心擦枪走火好像不太妥当。今天你抓不了我,我也不想动手,不如大家做个交易如何?"

方毅耐心耗尽,枪上膛,抵上了她的脑袋。

她身后的十来个打手一起往前跨了一步。

就在这个时候,罗铮带着人走上来,冲方毅点点头小声说:"安排好了。你果然没有猜错,渔村就是个幌子。小吴他们根据线人传来的最新消息,已经跟着人到了码头,应该是要出海。坐轮渡一个小时,那边有一个私人度假的小岛。"

看着舒锦,方毅的舌尖抵了抵腮帮子道:"你觉得现在这状况,你凭什么和我谈条件?"

舒锦面色不变:"如果我说,凭我可以帮你们抓到虎爷呢?"

现在舒锦嘴里的话,他们一句也不能信。

罗铮往前走了一步,然后被方毅抓住了胳膊。

舒锦看着他们的动作笑了一下,勾起嘴角说:"怎么,不信?你们以为我一路上让你们跟着的原因是什么?估计你们也已经调查过了,我舒家在这行也算大家,没道理让虎爷一人独大。我们黑吃黑,最后得利的还不是你们?"

方毅眯了眯眼,眼中的危险一闪而过。

"你胃口倒是不小。"不过,他丝毫没有妥协的样子,"说说这么做的理由。"

"猫吃鱼,鱼吃虾,你希望从我这里得到一个什么样的理由?"

两方人马对峙着,谁也不肯妥协,气氛僵持。

罗铮是真怕方毅控制不住脾气。

一年前,方毅醒来得知是舒锦把消息给卖了的时候,他并不相信,直到证据摆在面前,他不得不沉默接受,那段时间他究竟是怎么走过来的,谁都不知道。

牢不可破的关系一旦裂了缝,就像是出了问题的泡沫建筑,倾倒的速度是摧枯拉朽的。

那巨大的杀伤力,可以轻而易举地将一个人摧毁。

就在所有人都以为方毅不会妥协的时候,突然,他的枪口一移。

一道短促的响声之后,舒锦直接半跪在地上,小腿肚上出现了一个小指大小的血洞。

方毅收起枪,转身淡漠地说:"合作也可以,但我不信任你。"然后示意身后的人将她带走。

路上是方毅开的车。

坐在副驾驶座的罗铮咽了咽口水,还在试图说服他:"真要带上她?你就不怕她和虎爷串通,到时候我们可是腹背受敌。"

虎爷那种人,手里已经是有过一两条人命的,所谓的亡命徒大抵如此。

虽然他们此行的任务是抓到虎爷,但舒锦实在不是一个很好的合作对象。

"岛上地形我们确实不熟,没有她,我们的处境更难。"他眼神直视着前方。

空气里都是风雨欲来的味道。

〔肆〕

带着人赶到码头的时候已是傍晚,海岸线和天边的最后一抹残阳连成了一条直线。

小吴他们租了一条渔船。

看到舒锦和十来个打手,小吴张大嘴巴想要问什么,被罗铮捂住了嘴。

两拨人上船,各占据了船的一头。

方毅坐在船沿上擦枪,一路上连头也没抬。直到另一边传来一声闷哼,他才停下手上的动作往对面看了一眼。女人靠坐着,绾起的头发掉了几绺贴在脸颊上,额头因为疼痛冒出细密的汗珠,手上挖子弹

的动作却干净利落。

"咔嗒"一声轻响,带血的子弹掉落在甲板上。

吐掉嘴里的毛巾,舒锦抬头看了看挡在自己面前的高大人影,还有力气牵了牵嘴角说:"方队长,我记得我们是合作,而不是警方与人质的关系。"

方毅始终沉默。

傍晚的海风有些大,吹得整条船都有些摇晃。

他突然在她面前蹲下,从身后的小箱子里拿出干净的纱布和药。

舒锦大约也是没有料到会有这么一出,愣了一下,腿往后缩了缩。

"别动。"方毅抬头看了她一眼。

舒锦却毫不犹豫地拍开了他的手,冷漠地说:"不必了,给一巴掌再赏颗甜枣的手段还是省省吧……呃,你干什么?"

方毅完全不管她的痛呼,按压在她伤口处的手指缓缓挪开,动作迅速地给她上药,缠上绷带,绑好。做完这一切,他才道:"嘴皮子功夫倒是利索。"

舒锦身体往前一倾就想动手,被方毅反手抓住折在了胸前。

两人贴得很近,近到能清晰地听见彼此的呼吸声,方毅手上的力道更紧了一些,用只有两人能听见的声音说:"舒锦你迟早有一天能气死我!跟我玩碟中谍,你大概是忘了在这方面我是你爷爷!"

舒锦手上的力道陡然间松了下来,看着方毅的眼神闪烁了一下,谁也没再说话。

此时,潮湿的空气里夹杂着淡淡的血腥味。

记忆中的画面翻涌而来。

那年她刚进队里,第一次见到素有"魔鬼教练"之称的方毅。他根本没把她当个女人看待,所有的训练只有加倍再加倍,这些训练在后来的一次又一次的任务中,给了他们活命的机会。

在杂乱的丛林、危机四伏的野外,很多次回头撞见的那双眼睛不断地与眼前人重叠。

舒锦突然有种不可思议的想法——

世界上所有人都怀疑她的时候,眼前这个男人始终是相信她的,不论是一年前,还是此时此刻。

他的眼睛这样告诉她。

她愣神的时候,方毅已经不动声色地放开她站了起来,靠在边上看着逐渐陷入黑夜的大海。

突然,他问:"怎么非要做这个?"

舒锦撑着没受伤的腿也站了起来,靠在他的旁边望向同一个方向。

她顿了顿才说:"你不会天真地以为舒家真的能洗干净吧?在这行做了那么多年,早就拔不出来了,我们不做,自然也有其他人做。"

分歧和离开,只不过是因为大家理念不同。

"你要抓我吗?"舒锦朝他伸出了两只手。

方毅偏头看了她一眼,看得她的心漏跳了一拍。不过,他很快转开目光,看着不远处的小岛说:"我此行的任务,最终目标并不是你。"

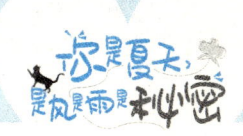

〔伍〕

整个小岛的占地面积不大,方毅决定留下一部分人看船和接应,剩下的人悄悄潜上岛。

舒锦伤了腿,速度也不慢。

罗铮、小吴等几个人有意无意地环绕着她前行,主要还是戒备。

她也丝毫不在意的样子。

摸到岛上的度假村时,时间过去了半个小时,岛上灯火通明,一路行来除了外面的几个岗哨并没有见到其他人。

"是不是太容易了些?"罗铮奇怪地小声问。

方毅去看旁边的舒锦,看得出她眼神当中的紧绷,鼻尖还有细密的汗。她回看了方毅一眼说:"我带你们走的是一条小路,当然没什么人。"

岛的最中央是一栋度假别墅,几个人刚摸到边缘,刺耳的警报声就突然响起。

原本跟着舒锦的那些打手也快速地将方毅、罗铮几个人围了起来。

罗铮踢了踢脚下的石子骂:"又被骗了!"正要回头找舒锦算账的时候,却发现自家队长已经和人背对背靠在了一起。

"这种时候你还敢信我?"舒锦问。

方毅舟勾了勾嘴角,在夜色里笑得随性道:"信啊。"

罗铮、小吴等几个队友脑袋都大了,怀疑自家队长是不是喝了迷魂汤——你怕是忘了这个女人就在半分钟前又把你给卖了一回吧?

就在这个时候,别墅的二楼阳台传来声音。

上面站了两个人,其中一个就是曹飞,另一个看起来六十多岁,剃着光头,穿着一件宽松的汗衫,眉眼带着笑意。如果放在人堆里,谁能想到眼前这个人就是大名鼎鼎的虎爷。

他看着舒锦,示意两个手下把她带上二楼。

舒锦刚上去就被人按着跪倒在地,虎爷摸了摸手腕上的佛珠,淡淡道:"舒锦啊,我还是低估了你,我听人说你想借着下面这些警察的手要了我的命是吗?"

舒锦张了张嘴还没发出声音,就被虎爷一脚踢中肚子,疼得弯下了腰。

虎爷转头看了看下面并没有丝毫情绪波动的方毅说:"方队长,我们也算是老熟人了,听说我们舒锦和方队长关系一直不错,我教训教训晚辈,你不介意吧?"

方毅的情绪丝毫不显:"您随意。"

从这十几个人的包围圈里冲出去的时候,所有人都以为这次又是功亏一篑了。

方毅却打开了手机的定位功能。

"这是什么?"罗铮问。

方毅手一转,跟着定位的方向追了过去,说:"舒锦伤口里的追踪器。"

罗铮张大了嘴:"就是你给她包扎……她知道吗?"刚问完就被自己的问题给蠢到了——她能不知道吗?

他锲而不舍地问:"她不是想扳倒虎爷吗?这么说,在火车上你们就已经达成协议了?这一路都是在演戏啊?"

方毅充耳不闻。

时间一分一秒地过去，手机屏幕上的红点一直不断地往小岛另一端的码头的方向移动。

方毅握着枪柄的手也越来越紧。

他们之间哪还需要什么协议。

〔陆〕

方毅带着人截住虎爷的船时，虎爷已经弃船坐了一艘快艇跑了。

看到舒锦安然无恙地站在船头的时候，他紧绷的情绪一下子松了不少。

舒锦刚从押着她的人手里挣脱，就给了方毅一把快艇钥匙。她说："和之前预料之中的路线一样，现在追还来得及。"

方毅接过钥匙："等我回来。"

"是等你回来抓我吗？"女人轻轻地笑出了声。

她的笑容真诚了不少，仿佛一下子褪去了所有坚硬的外壳和伪装，眼睛清澈见底，能清晰倒映出他的样子。

方毅深深地看了她一眼，没有回答。

快艇开出去一分钟不到，码头那边就响起了一声枪鸣。

刚刚还笑着说"是等你回来抓我吗"的人，已看不清脸，只隐隐看见一道人影掉进大海很快被吞噬。对讲机里传来留在岸上的队友的声音："队长，曹飞那家伙拿了货还躲在岛上，舒锦中枪了……"

身边的罗铮问："现在怎么办？"

"继续追。"他听见自己无比清晰冷静的声音。

就算在天崩地裂的危急关头，他永远是克制的，任务第一。

手机屏幕上的追踪信号越来越弱，越来越弱，然后突然中断消失。

方毅的眼神也在那一刻彻底沉寂了下来。

两个月后，那批截获的走私文物安然无恙地放在了某博物馆内。以虎爷为首的，追踪了近三年的国内最大的文物走私案也彻底结案。

随之消失的，还有舒锦这个人。

无论是曾经那个警校毕业，后来进入刑侦大队被策反的舒锦，还是那个有着盗墓起家背景的舒家舒锦都被抹去。

他们这种人，任何身份和履历都是能伪造的。

方毅想起在船上问过她的一句话："怎么非要做这个？"

当时她答非所问，但还是有一句话是对的——这种事，我们不做，自然也有其他的人做。她说："你教我的，卧底的最高素养就是连自己都时常忘记，我还是个警察。"

他们永远活在黑暗里，活在别人不知道的灰色地带。

可能是普普通通的员工，是朝九晚五的上班族，是起早贪黑的小摊贩，也可能是这个黑夜里的潜行者，是点亮昏暗路上的明灯。

这个世界，昼夜交替，时间轮回。

有人的地方就有犯罪。

而风，也从未停止。

她给他写的第一首歌，
他把她放在了
最重要的位置。

 宋予息：你如果真听不见，让我来做你的耳朵好不好？

乔杉：我自己可以的。

宋予息：我不可以，你这样，让我怎么放心不看在眼皮底下。

后知后觉

×

Text / 狸子小姐

〔壹〕

或许，真的该结束了，工作或者感情。

医院的诊断书已经在桌上摆了一周，乔杉拼命视而不见，可她也清楚，这不过是在掩耳盗铃。

助理再次跟她确定治疗事宜时，她还在谱曲子，哪怕耳边满是嘈杂的声音，她仍是想完成手上的工作，凭着最后的力气，凭着这些年的经验与热爱。

突发性失聪，她不过是在工作间多待了几个晚上，一觉起来，就像到了闹市，各种声音充斥其中。

哪怕发现及时，检查的结果也并不乐观。医生说，以目前国内的医疗水平，最多也就是阻止它继续恶化，要想彻底痊愈，完全不可能。

不能治好了吗？

得知这个结果的时候，她的心脏不自觉地抽了一下，像有什么东西在那一刻流失，脸上却依旧保持淡淡的笑，柔声说了句："谢谢。"

发声刺激了耳膜的振动,让耳朵里那些细碎的声音瞬间变得尖锐。

看来以后连说话都要谨慎了。

相较她的冷静,助理要激动得多。

"什么,不能痊愈?您不是国内最好的五官科医生吗,连您都治不好的话,那乔老师该怎么办?"

助理还想说什么,乔杉已经伸手拉住。

两人从医院离开,助理一直在喋喋不休,声音大时,会刺激到乔杉的耳朵,但她始终没有阻止,直到助理问她:"乔老师,要知会宋予息一声吗?"

乔杉脸上的表情一怔,这是从得知病情至今,她脸色第一次发生变化,不过就一瞬。

她摇头,薄唇微动:"不用了。"

她的事情,没必要事无巨细地告诉他。

助理被乔杉的态度给激怒,一时间忘记她的耳朵已经不能受太大刺激,音量不自觉地变大。

乔杉将电话拿得稍远了些,直到耳朵稍微适应了一会儿,才忍着痛说:"《奢侈》写完我就走。"

"乔老师,都这种时候了,您就不能不管《奢侈》吗?这些年,您替他做的这些难道还不够吗?"

乔杉沉默了,过了很久,才听见她微乎其微地说了句:"应该够了吧。"

"乔老师……"

"我知道。"

〔贰〕

几乎所有人都好奇，一出道就凭借电影《阵雨》斩获当年各大电影节最佳配乐奖的乔杉，怎么会和臭名昭著的宋予息扯上关系。

助理曾经问她："乔老师，您为什么总要这样帮宋予息？"

乔杉但笑不语，不作解释。

为什么帮他？

不，不是的，她不是在帮他，只是在报一个人的救命之恩与知遇之恩。

遇见宋予息前，她只是某间酒吧的驻唱，凭借对音乐的爱好和天赋，偶尔唱两首自己写的歌，久而久之，有点名气，也就成了酒吧的活招牌。

那一年的除夕前夜，和之前任何一个晚上没太大分别，客人很多，大家喝的喝酒，聊的聊天，好不热闹。

如果没有意外发生，她或许还会在回家之后，喝上一杯热牛奶。

从酒吧出来没多久，她就感觉被人跟踪了。因为路段偏僻，加上夜深没有行人，她只能加快脚步，祈求别被追上，直到前路也被人挡住。

那是前几天被她扇过一巴掌的男人。她在酒吧驻唱，遇见两个醉汉也不足为奇，当然也有趁机揩油的，他就是其中之一。

对方显然是来报复，甚至带了同伙，一前一后地堵她。

就在她以为自己完蛋的时候，一道酒瓶碎裂的声音乍响，然后她

面前的男子便软软地倒在了地上。

"跑啊!"

黑暗中伸出一只手,不等她做任何反应,便拉着她往小巷出口跑去。

那一刻,天地寂静,万物温柔。

他像一道光,猝不及防地照进了她的生命。

确定没人追上来,男人才终于停下,自然地松开她的手,从外套里摸出烟,点了一根,语调散漫地提醒她:"不用谢我。"

乔杉这才看清楚他的脸,是寻常人里少有的英俊高贵,就算是这随意粗糙的打扮,也丝毫不影响他的魅力。

同时,乔杉也认出他,曾经的当红歌手——宋予息。

他成名很早,红极一时的时候,大街小巷随处都能听见他的歌,不过,这都是曾经,现在的宋予息,什么都不是。

宋予息走了几步,发现乔杉跟着他,回头不耐烦地问:"你还跟着我干什么?救你一命,你难不成想赖上我吗?"

"不是,我的吉他……"

刚才跑得太匆忙,她的吉他还落在那里。

"想让我陪你回去拿吉他?"他一眼看穿她的心思。

乔杉点头。

"不是吧,我们才跑掉,现在回去不是送死?"宋予息为难,可看乔杉越发难过的神情,只好改口,"要不先去吃点东西,回头我再陪你去找,成不?"

可能是对他并不陌生,又是刚刚救自己于危难的恩人,就算他看上去遛遛潦倒，乔杉权衡过后，还是答应了他的提议。

两人就近找了一家夜宵店，说是两个人吃，实际上，乔杉根本没心情吃东西，倒是宋予息，好像真的饿了，不顾形象地吃了一大桌。

吃完之后，他还真陪乔杉回去找吉他。不过吉他已经坏了，估计是那伙人目的没达到，气急败坏只能拿吉他出气。

眼见乔杉的眼泪就要掉下来，宋予息慌张地在口袋里掏了掏，结果只掏出一只打火机，也不管，直接塞进乔杉手里："这个算我赔你好了，拿去卖了应该能买一把新吉他。"

乔杉看着手上的打火机，居然直接哭了出来，断断续续地说："那我的吉他……"

宋予息大概是没想到自己捡了这么大一个麻烦，仰头叹了口气，安慰道："人死不能复生，吉他也一样。"

乔杉听了，反而哭得更大声。宋予息一时没了法子，直接离开也不好，只能站着看着，最后还是乔杉自己平复下来，动手将地上被砸得稀烂的吉他装回袋子里，然后一声不吭地离开。

〔叁〕

遭遇这种事后，就算是新年正是繁忙的时候，乔杉也请了假没去酒吧。

大概是有了共同经历，在网上看见宋予息的新闻，乔杉下意识地点进去，就看见大家说他因为故意伤人，被关在拘留所。

乔杉猛地从沙发上弹坐起来,只套了件外套,就往拘留所赶去。

大概是看乔杉太过真挚,警察只是例行询问了几句,就直接将她放了进去。

宋予息显然没想到她会来这儿,只是那漫不经心的模样,就算是在拘留所也没变化。见她来,他不悦地皱起眉:"你不会真想赖上我吧?"

"抱歉,都是因为我,您才……"乔杉愧疚地说。

宋予息倒是完全不在意:"还行,毕竟这地方也不是随便就能进来的。"

"我会去和他们解释的,您不应该遭遇这种事情。"乔杉坚定地表示,她解释,"毕竟,您救过我。"

宋予息收起散漫,盯着乔杉看了半响,一本正经地说:"我当时就是闲得无聊想打人,跟你没关系,你应该也听说过,我这人本来就有些脑子不好。"

"可是……"

"走吧,我不需要你,会有人替我解决的。"

对啊,他就算被封杀至此,要出来也是轻而易举的事,又怎么会有需要她的地方。

乔杉脸上的表情变了变,最后深深地欠了欠身:"抱歉,是我多事了。"

但就算这样,乔杉还是同警察解释了事情的全部经过。宋予息很快从拘留所出来,她不知道自己的帮助有没有在其中起到作用。

再见到宋予息,是在酒吧。

老板知道那晚的事情后,大为恼怒,暗地里警告了那伙人,为了让乔杉能安心在这儿驻唱,还给她就近租了套房子。

这些,乔杉并没有拒绝,那晚的经历,要说不后怕,是假的。

宋予息又喝醉了,乔杉在台上一眼就看出来,明明他以前也常来酒吧,可她从未见过,如今却总能轻易地在人群里找到他。

乔杉告诉自己不要理,可最终,她还是没办法独自离开,转身扶起瘫软在桌上的宋予息。

"您家在哪儿?"她问。

"湖湾小区,C栋6楼。"

这会儿,他倒听话得很,表达算不上清晰,但好在能够听懂。

乔杉知道那地方,听说里面住的人,非富即贵。

看,他们的差距,明显到根本不用仔细分辨。

宋予息家和他这副不修边幅的样子相差无几,从门口一直延续到走廊尽头的凌乱衣服,餐桌上摆着的是不知道几天前吃的泡面,茶几上一堆乱七八糟的零食包装,还有半根烟在咖啡杯里泡着。

外界的传言看来也不是毫无根据,至少,那些说宋予息如今颓废不堪,宛若废人的消息,也算贴切。

三年前,他和几个女明星暧昧不清,风评太差,又被爆出当小三、醉酒、闹事、打架,紧接着他耍大牌、超速行车等各种消息也陆续被爆出来,他的事业一落千丈,最后甚至接不到一个通告,被迫离开那个圈子。

乔杉扶着宋予息,艰难地在这凌乱的房间找一个下脚的地方,费了好大劲才找到卧室。

床怕是这屋子里最干净的地方,乔杉将他扶到床上躺好,本来只是想去厨房给他烧杯热水,最后也不知是不是鬼迷了心窍,竟连带着将整个屋子都打扫了一遍。

离开时,已是深夜。

她看着已经干净整洁的房间,心里想着,宋予息会不会又觉得她是想赖着他。

〔肆〕

宋予息主动来道谢,倒是让乔杉很意外,那语气,也是难得真诚。

"昨晚,多谢。"

乔杉笑了笑,没作回答。他们之间本就应该没有什么交集,昨晚只是一场意外,无足轻重的意外。

可宋予息好像不是这么认为。

"你想系统地学作曲编曲吗?"他说。

"什么?"

宋予息微微一笑,是那曾经在舞台上迷倒无数少女的笑容,他轻缓却认真地说:"如果你想学音乐的话,拿着这张名片,去上面的地址,就说是我让你找她。"

乔杉的目光落在名片上——方落。

这个名字,乔杉并不陌生,方落曾多次担任优质电影的配乐导演,是目前国内少有的在国外电影节获得最佳配乐的作曲人。宋予息竟然会让她去找方落。

明明一直提醒她不要赖上他,明明明确地告诉过她两人的差距,却又这样帮她,他真是矛盾的人。

乔杉清楚,如果单单为了自尊,她应该拒绝,可对方是方落,哪怕是对音乐仅仅抱有一丝幻想的她,也没办法拒绝。

"为什么,你不是说过——"

"我饿了,想吃夜宵吗?"宋予息打断,跳过话题,并不想解释。

"我去找她,她会答应吗?"

宋予息没有说话,一直到走了好久,才慵懒地说了句:"也许吧。"

再见到宋予息,乔杉已经在方落的工作室了。

从宋予息手里拿过名片,她整整准备了一周,才鼓起勇气去找方落。她很清楚,这对她来说,可能是唯一一次靠近他的机会,她必须握住。

原以为方落至少会为难一下她,却不想,她不过是递上名片,做完介绍,对方就直接将她领了进去。

不愧是方落的工作室,里面全是顶尖的设备。方落给了她一个单独的房间,说:"你就在这儿写曲吧,我有空就会抽查,书也都有,先自己看,不懂再来问我。"

说是有空,其实方落基本上每天都会过来,而且经常是半夜。

工作室的同事说,方老师每次专注起来就会忘记时间。乔杉那时不知道,后来她也成了这样的人。

一个月不见,乔杉竟然觉得宋予息有些陌生,明明他好像还是老样子,衣服拖沓,穿着一双家居拖鞋,头发很久没剪,长得盖住了眼睛,大概是因为来见方落,所以难得地刮了胡子。

他跷着二郎腿坐着,手不老实地搭在方落的肩上,脸上还是那一如既往的吊儿郎当的笑容,却明显比平时真挚得多。

方落似乎习惯他这样,并没过多理会,一边任由宋予息啰唆,一边动手整理着手上的资料,偶尔会停下来附和两句。

她站在门口看了一会儿,终是没有勇气推开门,抱着她的书,再次回到了那个小房间。

工作室的人偶尔也会议论,说方落出道十几年没收过徒弟,一收就收了个和她一样的疯子。

对于这些,乔杉向来不在意,她似乎把全部的精力都放在了作曲上,虽然她写的曲子在方落眼里,毫不可取。

这样,她跟着方落学习了整整两年,写曲编曲一系列事务,只要方落提出来,她总是第一时间就学会并且熟练运用,但从始至终,方落从来不说自己是她老师。

哪怕是在将她介绍给著名导演边牧时,方落也只是说,受人之托。

〔伍〕

"能让你说出这话的人,难得。"

边牧的目光在乔杉身上停了半晌,才转回方落那儿,冷峻的脸上,带着似有若无的探究。

但方落似乎理会不到对方话里的深意,反而有些不耐烦地说:"人给你带来了,用不用随便你。"

"用,怎么会不用。"边牧几乎不假思索便同意下来。

就这样，乔杉终于接到了她近两年来的第一份差事，给随便说句话就能惊动半个演艺圈的大导演边牧的新作《阵雨》配乐。

这是多少音乐人可望而不可即的机会，就这样轻飘飘地落在了她头上，一个毫无半点名气，只在方落工作室待了两年的小丫头。

她的工作，几乎与电影拍摄同时进行，在此之前，她终于再次见到了宋予息。

宋予息特意在工作室门口等她下班，等到晚上九点，他说："恭喜，不请我喝杯酒吗？"

没有久别重逢的问候，单单就一声恭喜。

法国餐厅火候恰到好处的牛肉，配上一瓶年份极佳的红酒，乔杉怎么也没想到，宋予息所说的喝酒竟然会是在这里。

在她印象中，宋予息要想喝酒，定然会是在酒吧或者家中，那种就算是喝个烂醉也不用在乎失态的地方。

这里，太过绅士，太过拘束。

"今天不必喝醉。"看出乔杉的疑惑，宋予息率先解释。

乔杉没有太多表示，本来就是安静的人，跟了方落两年，好像变得更安静了。

直到最后一道甜品端来，乔杉终于开口："为什么？"

她目光直直地盯着宋予息，似乎不想错过任何一丝细节。

宋予息拿着勺子的手一顿，最终还是将甜点送进了自己嘴里，品尝过后，才慵懒地说："到现在，我为了什么，你难道还不明白吗？"

是啊，早在第一次看见他来找方落的时候，她就明白了的。

天下没有白吃的晚餐，也不会有无故的施舍。

他会将她推荐给方落，又让方落将她介绍给边牧认识，都不过是因为他对那个圈子还有幻想，哪怕他早被那个圈子丢弃。

〔陆〕

为了更好地完成工作，乔杉不仅熟读了剧本，连剧组的拍摄，她也极少缺席，边牧有时会打趣她，说她比他这个总导演还要敬业。

乔杉总是笑而不语，不予回答。她太清楚这次工作的重要性，她必须做到，而且得做到最好。

电影拍摄结束，需要的所有配乐乔杉也全部写好，她花了一个星期的时间整理好，交给边牧，对方听过后，大为赞赏。

这是一次愉快的合作，只是没有人知道，乔杉究竟在多少个失眠的夜晚，在她的小房间里修改曲子，一遍又一遍。

交完作品，乔杉大病了一场，烧到40℃，直接晕倒在工作间，再醒来，是在医院。

宋予息坐在病床旁，盯着点滴发呆，见她醒来，忙问："好点了吗？"

乔杉努力扯了个笑容，回答："好多了。"

话音刚落，她就看见宋予息气愤地起身，居高临下地看着她，怒骂道："乔杉，你没脑子吗，烧成那样还在工作室瞎折腾什么，嫌自己活得太久，上赶着去阎王殿啊？"

许是因为生着病，听着这训斥，乔杉一下没忍住，眼泪直接溢出来。

她慌乱擦了擦，着急解释："你不是要得急……"一如两年前，那个失去了吉他的女孩。

宋予息本在气头上的火，被乔杉的眼泪浇了个透不说，还被吓得不轻。他忙扯了纸巾，慌乱替乔杉擦眼泪，语气也瞬间放软："哎，你别哭啊，我错了行不，我不骂你就是，你别哭……"

宋予息柔声安慰了好久，乔杉才终于止住泪水。

后面两天，宋予息会准时过来带她去医院，从医院出来后，带她去吃顿饭，然后将她送回家。

至于他那一天为什么会出现在工作室，发现晕倒在工作室的她，他从未提起。

如所有人所说，边牧的新电影《阵雨》一出来，电影配乐大受好评，不论是主题曲还是插曲，都成了大家哼唱一时的旋律。

这个热潮，在年底电影大赏时更是被推到了顶峰。

囊括当年几大电影节最佳配乐奖的乔杉，站在领奖台上的时候，永远只有那几句感言。

感谢方落，感谢边牧，感谢举办方……说这些的时候，她的目光总是盯着摄像机，坚定又真挚，却唯独没有说感谢宋予息。

乔杉一时名声大噪，但她拒绝了所有媒体的采访，再次回到了不过几平方米的工作间。

面对各种合作邀约，乔杉一概不理会，直到三个月后，她突然宣布，她接下来的所有音乐作品，宋予息将作为唯一的男歌手来演唱。

这个被娱乐圈扔掉了六年的名字，最近一次出现，还是三年前因打架进拘留所，而现在他和新人人气作曲人乔杉一块再次出现在大家的视线中。

宋予息得知此事，请她吃了一顿牛排。

/ 苏幸安《不愿悄悄喜欢你》后甜蜜新作 /

《少年，我是时小甜》

这是一枚可爱的橘子糖味校园心动故事

mini 学霸立誓要在学习上帮助超级学霸，共同进步。超级学霸笑了！^^

敲敲门，请接收我这个努力学习还不黏人的小仙女！
春天的花草 + 夏天的蒲扇 + 秋天的麦穗 + 冬天的阳光 < 你在身边

上市时间：2020 年 6 月

/ 爱喝水《一见你就笑》后全新校园甜宠力作 /

《我无法停止喜欢你》

让人捧腹的爆笑恋爱成长小甜文

方恋恋暗恋已久的校草魏无疆终于喜欢上她了！
一时间锣鼓喧天，鞭炮齐鸣。
再后来你侬我侬，狗粮无数！

上市时间：2020 年 7 月

《高能二维码·逆命》（全2册）

NO 2.

> 高智商大佬 ✕ 美貌欧气十足小镜子
> 的无限解谜之旅

关键词：无限流 / 冒险 / 系统
惊险指数：★★★★★
好看指数：★★★★★
介绍：弟弟心源性猝死，刑烨为追寻真相，扫描二维码，接受"命运挑战游戏"。在这条道路上，从来没有顺流而下，永远只能迎难而上。

《高能二维码·破局》（全2册）

> 沉稳睿智完美通关大佬 ✕ 盛世美颜气运爆表小镜子

· 无限解谜之旅完结篇

关键词：解谜 / 悬疑 / 闯关
烧脑指数：★★★★★
爽度指数：★★★★★
内容介绍：邢烨与队友历尽千辛万苦，终于揭开部分真相。"命运挑战游戏"也露出了其不怀好意的獠牙。走错一步，就会落入深渊。我，选逆命，破局。

/ 城南花开百万影视 IP 实体化作品 /

《隔壁财神来我班》1

一个甜甜的奇幻校园初恋

乖乖女林茶遇上头上顶着财神光环的校霸——
闵景峰：以后喜欢一个男生不能这么直接知道吗？
林茶：不是，我只是想蹭蹭你的财神光环转运。
晋江高口碑小说，新增甜蜜番外

上市时间：2020 年 4 月

《隔壁财神来我班》2

一个 24K 纯甜的校园幻想初恋 / 完结篇

又丧又佛"天选"男主 × 暖宝宝属性的"甜系"女主
作为一个总是坑自己旺别人的财神光环拥有者——
闵景峰表示：我太难了……
林茶：没事，你永远都是最棒的，摸摸头。

上市时间：2020 年 6 月

看校园言情，认准"喜欢你"！

测评"社会主义兄弟情"究竟有多让人上头?

导语: 今年鱼家的几篇"兄弟文"题材多样,内容丰富多彩,让小编我看了有些上头,熬夜看完也要写一篇看文后的观感测评给你们,快来看看有没有你中意的它,然后带它回家吧!

NO1.

乐队主唱毒舌傲娇张约 × 盛世美颜讲相声齐涉江

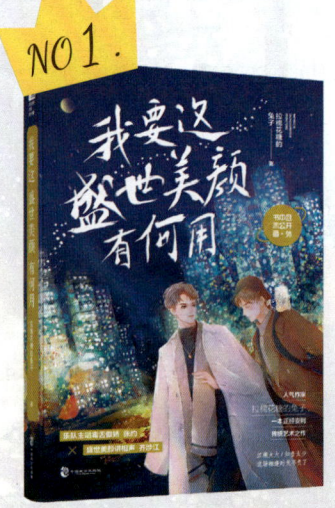

《我要这盛世美颜有何用》

关键词: 古穿今 / 爽文 / 娱乐圈 / 传统艺术
上头指数: ★★★★★
甜度指数: ★★★★★
介绍: 穿越后,我成了一名拥有盛世美颜的相声演员。

NO 5.

"脑回路不一般"
大明星
pick
"脑回路十八弯"
小职粉

《特别助理》

关键词：饭圈文化 / 爆笑吐槽 / 职业粉丝
无厘头指数：★★★★★
欢乐指数：★★★★★
介绍：小职粉与大明星的爆笑情缘。他是刚燃起的火，我是新落的初雪。当他看过来时，我就融化了。

我喜欢这世界，因为这世界有你!

打造满满少女心的校园故事

这里有——
最热门新鲜的校园类畅销作者！
最甜、最暖、最有趣的青春故事！
最唯美清新的封面设计、彩页装帧和创意赠品！
最优质的编辑策划团队！
只为满足挑剔的你！

—— *I Like your studio* ——

{ 喜欢你，如春归花枝连里，不离不弃；
喜欢你，像风走了八千里，不问归期。 }

饭桌上,他说:"你玩这么刺激,弄得那些记者都不知道该去哪儿捕风捉影。"

"反正你的名声好不到哪儿去,他们能联想的也就那些。"乔杉难得和他开了个玩笑,脸上挂着甜甜的笑容,看上去格外乖巧。

宋予息挑了挑眉,饮了一大口红酒,慢悠悠地说:"也是,我的名声早在六年前就烂透了,再怎么样,也不至于比那会儿更坏。"

乔杉没再说话,端起桌上的红酒,一饮而尽。

许是开心,乔杉多喝了几杯,却不想竟喝醉了。她本就不胜酒力,加上红酒后劲不小,她迷迷糊糊地靠在车后座上,半眯着眼睛看着宋予息,傻笑着说:"宋予息,我一定要让你再次站在神坛上,让那些踩过你的人通通仰视你。"

宋予息脸上的表情一顿,随后伸手过去揉了揉乔杉的头发:"以后不许随便喝酒。"

〔柒〕

乔杉很快投入工作中。因为宋予息的原因,新曲写好后,没有作词人愿意合作,最后还是乔杉自己上场。

看她为宋予息如此,那时候大家都说,她这怕是被宋予息给下了降头,否则怎么拿着大好前程和那种人耗。

最后,歌写出来,宋予息试录了一天,结果十分理想。

这首歌像是为他量身定做一样,那略微伤感的曲风旋律,配上他独特的嗓音,低音时的哼唱,高音时的嘶吼,不着痕迹就揪住了听众的心脏。

　　果然，这首歌一发布就占据了各大音乐榜单榜首，而宋予息这个名字再次出现在了他应该出现的地方。

　　当宋予息忙于在外面赶通告时，乔杉坐在她的工作间，耳机里反复放着那首歌。

　　方落进来，一如往常般教她课业时的温柔模样，说："他果然做到了。"

　　乔杉笑着反问："您一开始不就知道吗？"

　　宋予息是方落一手发掘出来的歌手，曾靠着方落作曲的一首《温酒》蹿红，却因为性格太过不羁，绯闻不断，最后不慎得罪某权贵，被迫离开圈子，而他再次靠乔杉的一首《后知后觉》红遍大江南北。

　　作为感谢，宋予息不管去哪儿跑通告，一定会让助理准备一份礼物，带给乔杉。偶尔时间允许，他还会带乔杉去吃一顿西餐。

　　宋予息的再次爆红，让乔杉的名气也跟着上涨了不少，找她作曲的艺人不少，单单是一支曲的价格就翻了好几番。

　　乔杉对女歌手的要求不高，只要合适都会合作，但男歌手始终只有宋予息一人。

　　采访被问及她和宋予息到底是什么关系的时候，乔杉得体地说："伯乐与骏马。"

　　大家都说，不愧是方落带出来的人，连眼光都如她一般敏锐。

　　乔杉也没刻意解释，由着大家这样误会，相反，宋予息倒是用了个更暧昧的词——知己。

　　随着两人单独相处被拍到的次数逐渐上升，他们那套说辞显然已

经没了作用,谣言传了一遍又一遍,偏偏两人谁都不回应。

直到宋予息公开承认和某个新出道的歌手交往。

乔杉得知消息时,已经是几天后,她的新曲刚编完,打电话告诉宋予息。

她说:"什么时候有空,过来听一下新曲吧。"

"这么快,要不我有空时,接你出来喝一杯?"宋予息略带慵懒地问。

"不用。"

宋予息对于她的回答显然有些失望:"这么决绝?那行,我有空过去。"

"嗯。"乔杉应道,在挂电话前,她又补充了一句,"恭喜。"

电话那边的宋予息明显一顿,似来了兴趣:"原来你这么关注娱乐新闻啊。"

乔杉没有回应宋予息,直接挂断了电话,反倒让宋予息盯着挂断的电话,十分郁闷。

〔捌〕

宋予息的女朋友换得很勤快,大家基本还没从分手的消息里回过神来,他的新恋情又出来了。

大家都说,当年那个放荡浪子又回来了。

至于他那些女朋友,什么类型的都有,但无一例外,在分手后,她们很快就拿到了不错的资源。

偶尔也会有问题抛到乔杉这儿，作为宋予息身边关系最好的女性，人们总是好奇她对宋予息的评价。每每这时，乔杉总会面带微笑，让记者亲自询问宋予息。

实际上，宋予息的那些女朋友，他从不介绍给她认识，甚至提都极少在她面前提起。

而她唯一见过的，只有一个。

那是某音乐大赏结束后的晚会，乔杉向来不喜欢这些，这次如果不是因为有个合作需要谈，她也不会出现。

她知道宋予息也在，却没有提前联系。

她一直极少主动联系宋予息，在宋予息恋爱之后，就更少。

见到宋予息时，他旁边还有人，两人好像是聊到了不开心的事，乔杉注意到宋予息的手往口袋里伸了几次，准备拿烟出来。

"你也在？"

宋予息终于看见她，眉头不满地皱成一团。

乔杉淡淡笑着，目光在女人飞快攀上宋予息胳膊的手上停了一秒。她解释："过来谈点事情，一会儿就离开。"

"和谁？这里的人我都认识，一块去吧。"宋予息不动声色地抽出手来。

乔杉本能地拒绝："承璨那边想让我为他们公司下一季的新剧写首ost（原声音乐），我正好过来，就顺便谈一下，不是什么大事，你忙就好。"

宋予息无赖地笑了笑，手顺势搭在乔杉的肩上："我不忙。"

就这样，宋予息不容回绝地同她一块见了承璨的负责人，哪怕整个商谈过程，他都只是在喝酒。

离开会场之前,乔杉再次遇见了那个挽着宋予息胳膊的女人,她没有记错的话,应该是宋予息所在公司的后辈。

注意到那人的目光,乔杉刚想开口,没承想被对方抢了先。

"就是你吧?"

没头没尾的一句话,弄得乔杉不知所措,但对方显然不在意。她说:"别以为我看不出来你也喜欢宋前辈,但我劝你,别傻了,别以为宋前辈对你好点,就是喜欢你。"

乔杉脸上的笑意因她的话渐渐淡下去:"我听不懂你在说什么。"

"听不懂吗?"对方轻蔑地笑了声,"宋前辈亲口说的,他从头到尾都不过是在利用你,你要是觉得他对你和别人有什么不同,也不过是因为你对他还有利用价值。"

乔杉忍着心里的怒火,冷着声音反驳:"那你呢?是有价值的那一类,还是之前的那一类?"

"你!"对方愤怒,一巴掌便挥了过来。

乔杉没料到,结实地挨了一巴掌,只觉得一瞬间半边耳朵失聪。她却异常平静,说:"看来是之前的那一类了。"

"你的脸怎么了?"

宋予息在会场外,要不是她落了东西在会场,他早就带着她提前离场了。他看见她脸上的红肿,不由得皱起眉。

乔杉本来想笑一下,无奈扯着嘴角疼,只能作罢,淡淡地解释:"没什么,不小心弄的。"

"不小心能弄成这样?乔杉,你当我傻啊。"宋予息愤怒吼道,对上乔杉的目光后，忙认输，"行行行，不说你，回去吧。"

送乔杉回到酒店，宋予息让服务员找了一个冰袋，似乎有意停留，但最后还是什么都没做，直接离开。

乔杉在宋予息走了之后，拿着那个冰袋在床边的沙发上，坐了很久。

晚会上遇见的那个女人，虽然看起来像个疯子，话倒是没有说错，她和宋予息从一开始不就是那种关系吗？

他会将她推荐给方落，会拜托方落替她安排好一切，让她一出道就风光无限，不过是因为，他需要她，需要她帮他重新回到这个圈子。

〔玖〕

宋予息分手的消息出来时，大家已经见怪不怪了，只是有些疑惑，这次的竟然会那么短。乔杉看到消息，想起那个故意装出气势汹汹的女人，仍觉得半边脸有些疼。

彼时，宋予息坐在她的工作间，打量着这个不过几平方米的小房间，不满地抱怨："你写了这么多年，连换个工作间的钱都没有？"

"这里挺好。"乔杉摇头，反复听着她正在编的新曲。

这么多年过去了，她俨然成为能够和方落并肩而立的人，却还是在这个工作间，从未想过换地方。

宋予息也不纠缠，慵懒地靠着椅背，盯着显示器上的音轨，说："公司准备让我换个风格。"

"那就换呗。"

"可能也会给我找个新的作曲人合作。"

乔杉握着鼠标的手一抖,刚编好的音乐被误删了一节,她也不恼,费了好大劲重新排好,才终于开口:"那挺好的。"

宋予息从后面过来,抱住她,说:"我想请你帮我写首歌。"

这样的话,乔杉听了太多,几乎每个来找她的人,开场白都是这么一句,只是这个姿势,还是第一次。

"好。"她答应。

宋予息不知道从哪儿掏出一张纸,放在她面前:"词我已经写好了,曲子不用着急,你编好随时可以叫我来录歌。"

乔杉看了一眼歌词,点头:"嗯。"

谁都没有点明,但乔杉知道,宋予息是要告诉她,她已经没有了利用价值,以后,她不需要再为他作任何曲子。

宋予息离开前,还留了两张演唱会门票给她,让她有空去看看。

他的演唱会,每次都会给她留一个靠前的位置,她也从未缺席。她太清楚,站在舞台上的宋予息究竟是何等耀眼。

演唱会依旧人山人海,乔杉坐在一个顶好的位置上,听着那一首首由她脑海产生,从他口中唱出的旋律。

演唱会的安可曲是《后知后觉》,这首歌自从宋予息蹿红之后,他已经很少唱了,没想到这次竟放在了这儿。

听着她第一次为他作的曲,乔杉不知怎么,竟然情不自禁哭了出来。

演唱会结束之后,她没有跟宋予息打招呼,一个人回去了。

很快,宋予息转型后的新专辑问世,那是完全不同于乔杉的风格,热烈而性感的曲风，简单几句，就能够让一干粉丝细细品味上好几天。

乔杉盯着宋予息留的那张写着词的纸，这还是两人第一次合作，当然，也是最后一次。

只是她怎么也没有想到，她没有将这首歌写完，耳朵竟然出了这种毛病。这些年，她天天待在工作室没日没夜地写曲编曲，长时间戴着耳机工作，身体都开始闹脾气了。

她不准备将这件事情告诉宋予息，哪怕助理天天在耳边恨铁不成钢地念叨。最终，她还是将这首歌写完、编好，交到了宋予息经纪人那儿，才安排出国治疗。

〔拾〕

宋予息得知消息时，乔杉已经在美国治疗了一个月。

他去工作室没有见到人，一再追问，才知道，乔杉意外失聪，现在已经在美国接受治疗。

"乔杉失聪的事，你是不是也早就知道？"他揪着经纪人的衣领，愤愤吼道。

经纪人两颊通红，到底不敢在他面前撒谎："乔老师不让大家同你说，我也是从她助理那儿听到的。听说就算去美国治疗，以后恐怕也不能再写曲了。"

"把剩下的通告全部取消，我要去一趟美国。"宋予息松开经纪人，强硬地丢下这一句，就从公司离开。

经纪人在后面十分为难地追问了一句："取消到什么时候？"最

终没有得到回复。

乔杉怎么也没想到宋予息会来美国找她,她站在病房窗户旁,望着楼下飘落的枫叶。

她刚接受手术,耳朵里现在除了一直存在的嗡鸣,什么也听不见。医生说,她已经不适合继续从事作曲的工作,就连稍微大点的声响,都会对她的耳朵造成不可逆转的伤害。

所以,宋予息站在病房门口喊她,甚至走到她背后,她都毫无察觉,直到对方自身后将她环住。

"乔杉……"

这一句,她听到了,或者,是她看到了。

"你怎么来了?"她从他怀里挣脱开来,转过身,站在离他半步远的地方,无声问道。

宋予息露出他那魅惑众人的笑容:"我来帮你啊。"

乔杉不解。

"你如果真听不见,应该会很不方便,所以,让我来做你的耳朵好了。"

"我自己可以的。"乔杉拒绝了他的好意。

哪知宋予息一下将她拉进怀里,下巴抵在她的头顶,像是打了场败仗,脸上的表情却是无奈又窃喜。

"我不可以,你这样,让我怎么放心不看在眼皮底下。"

见过姹紫嫣红无数,才发现,都不如眼前这棵野草,那么倔强,春风吹又生。

小信箱

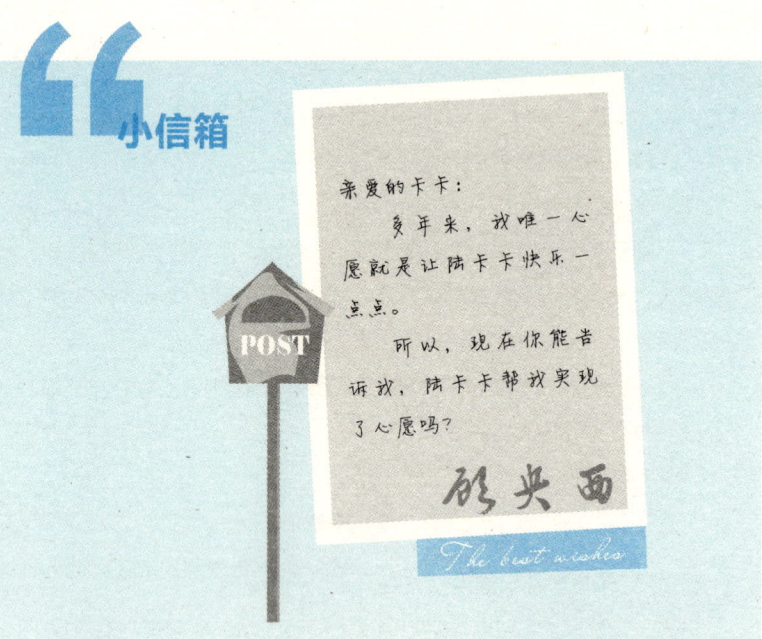

亲爱的卡卡:
  这半年来，我唯一心愿就是让陆卡卡快乐一点点。
  所以，现在你能告诉我，陆卡卡帮我实现了心愿吗？

The best wishes

等到十二月的凉风都融化

×

Text / 森木岛屿

〔壹〕

我在母亲的葬礼上遇见顾央西。

他有一头漂亮的褐色头发和深黑的眼睛,站在人群那端的时候神情肃穆倔强,看上去桀骜得如同来自西方神话里的神祇。

可是,我恨透了他。

若非他失手酿成惨祸,也不至于害死我的母亲,也差点害死我。

一定是这样。

即便所有人都对此沉默不语,我也猜得出来事情的始末。

向来顽劣的顾央西趁人不注意,打开了燃气阀门,导致燃气泄漏出了事故。

所幸我捡回一条命,但因为大脑缺氧,昏睡了太久,对当时场景记不大清楚。虽说我对于整场事故的揣测有些简洁、鲁莽,可这一定不影响它的真实性。

因为当我还躺在病床上的时候就听到父亲对他大声呵斥,而那头褐色头发的主人沉默着低下头，一句反驳也没有，只在父亲发完火后认真地说了句"抱歉"。

我厌恶极了这样的人，他当真以为一句抱歉就可以抵消所有的过错？甚至我母亲的生命，仅仅用一句不痛不痒的抱歉就可以敷衍过去？

让我搞不明白的是父亲的举动。

他痛斥过顾央西，却未想过追究责任，甚至丧妻之痛对他而言仿佛不过是一个不慎毁掉的小合同，朝身边的人发一通脾气之后就可以放下。

葬礼不过一周，他便收拾了行李飞去国外谈生意。

临走之前，他将我叫到身边："卡卡，若你成年之前能从你母亲的事情中走出来，我便接你到我身边。"

兰姨替我拿来药，嘴巴动了动，最终却没有说什么。

倒是顾央西雷打不动，每天早上带着热腾腾的早餐等在门口。

我越发痛恨顾央西。

"滚啊，杀人犯！"直到有一天，我终于忍不住朝他发火。

那双漆黑的眼睛里闪过深深的难过，继而是一种我看不太懂的放下心来的释然。

有那么一瞬间，我竟然觉得心底有几分柔软。

这真是一件可耻的事情，他可是害死我母亲的杀人犯。

大抵是出于本能，人类总是试图借助一些暴力来掩盖自己的心虚，所以我以更加夸张的姿态歇斯底里，保温杯里的稀饭氤氲着热气糊在他手臂上的时候，我瞥到兰姨眼里的错愕与……唏嘘。

〔贰〕

事实上,几乎在所有人眼里,顾央西都是神话般的存在,他家世极好,相貌出众,桀骜不羁却会做人。其实仔细想来也都不过是一些俗套又肤浅的条件,可那时候多小啊,年少时候的欢喜不过始于那人上好的皮囊,举手投足间落拓的气质。

我知道,很多女生背地里都曾悄悄地议论他。

好多次,我都想朝她们大喊,你们的小男神,是杀人犯啊。

可是我比谁都清楚,没有人会相信我的话,甚至没有人愿意搭理我。

那时候大家都会用那种同情又嘲讽的眼神盯着我:"看,就是这个疯子,亏得顾央西待她那么好。"

在所有人眼里,陆卡卡是不合群的孤僻怪物。

这样的人,所说的话自然是信不得的。这样的人,也是配不得顾央西的好的。

所以关于我和顾央西的流言传出来的时候,我并不觉得诧异。这个世界上存在一种叫"嫉妒"的东西,人人皆有——那些费尽全力也没能得到的东西,不得之则毁之。

真是幼稚得可笑。

我对这些白痴的传言以及他们无比热衷的讨论根本不屑一顾。

但是,流言不减反增,他们天真地将我和顾央西的沉默称作默契,然后用这种所谓的"默契"证实流言并继续加以种种猜忌。

更令我觉得好笑的是老师竟然受此蛊惑,也试图加以印证。

可顾央西是出了名的倔强坏脾气,他们自然无计可施,只好三番五次地将我叫去办公室委婉劝导。

我连解释都懒得开口，可笑的是他们当真以为我会和杀人犯同行一路。

顾央西主动找去办公室的时候，我确确实实吃了一惊，他一敛平日里的乖张桀骜，皱着眉头老老实实地站在那里的样子真的像是犯了错误的好学生。

果然，老师没有再为难。

从办公室出来，顾央西将我拦住，他每次看向我的时候眼底都有化不开的担忧："卡卡……"

"滚啊。"

好像唯独面对顾央西，我才会毫不掩饰地失控。

他上前半步，我下意识地后退，且更加激烈地朝他吼："你是不是觉得我被老师教训的感觉特别好？"

他深深地看了我一眼。

路灯从他背后洒下来，地上的影子落寞得不成样子。

那些女生都说，顾央西沉默着皱眉的样子酷到爆炸。

可是，我从来不这么觉得。

每一次看见他一言不发的样子，我都会想起在医院的场景。面对我父亲言辞激烈的指责，他竟然连一句反驳都没有，就只是那么安安静静地站着。

即便错了，也有解释的措辞吧，哪怕狡辩也好，这不才是一向骄傲顽劣的顾央西的样子吗？

〔叁〕

顾央西跟我的传闻突然平息下去。

我诧异他们突然冷却的热情,随之而来的消息却让我措手不及。

早自习间,正在清点人数的班主任被校长火急燎地叫走,教室里一下子沸腾起来,有自称了解内情的人故作神秘地压低声音:"是顾央西……"

我感觉有一根细细的发丝缠绕住心脏,竟然希望他们再多讲一点,多一点点都好。

"你不知道啊,之前跟陆卡卡的那些传闻都是幌子……"一个同学像是要爆出惊天新闻般做了很久的铺垫,等到所有人的好奇心都到了极点,这才慢吞吞地继续,"顾央西其实跟……"

我没有听得很清楚。

等不及下课,我从书包里摸出笔记本装作去找老师问问题的样子偷偷从后门溜了出去。

顾央西站在走廊的尽头一动不动。

校长和班主任站在他身边跟另一边的男人说着什么。

我迟疑着走过去。下课铃声响起,从教室里蜂拥而出的人迅速将我淹没,在纷纷扬扬的议论中,我大概明白了几分。

不同于之前和我的传闻,据说这一次顾央西的告白高调到连他父亲都惊动了,我目睹那个高大的男人冷着脸,当着所有老师和围观同学的面,狠狠甩了顾央西一巴掌。

顾央西依旧是所有人口中那副酷得要命的样子,一句辩解都没有。

好像越发证实了传闻。

可是只有我知道，他转身看向人群的时候，原本紧紧蹙起的眉又不经意垮掉，轻轻勾起嘴角，便有不易察觉的温和笑意漾出来。

我感觉自己的心脏被狠狠一揪。

没有人察觉到站在人群深处的陆卡卡的异样。

〔肆〕

关于顾央西的传闻未曾间断，但是不会再有人议论陆卡卡和顾央西的事情。

我也终于不必频繁出入老师办公室。

我实在不想再被动围观顾央西的种种八卦，也不关心他的绯闻女友究竟又是何方神圣，于是在周奕牵我手的时候，我没有躲开。

即便我并不是很了解中途才转学过来的周奕。

但是父亲说过，若我从母亲的阴影里走出来，他便回来接我。

高考已经越来越近，这意味着父亲留给我的时间并不多了。

随便什么人都好，我总需要一些别的东西将我的注意力从那些阴郁的情绪中转移开来，但绝对不是关于顾央西的各种无聊绯闻。

我刻意将自己与顾央西隔离开来，忽视掉他沉默着送我的身影，忽略掉他从兰姨那里拿来的药，连同之前对他的厌恶和憎恨我也都丢掉。

可我无论如何也没有想到的是，顾央西跑去和周奕打了一架。

我闻讯赶过去的时候，他们大概刚刚打完架，周奕不甘心地朝他吼："陆卡卡的事情不用你管。"

顾央西看也没看我,抹了抹嘴角转身就走。

直到晚自习结束,我在家门口遇到顾央西。

大概刚刚洗完澡,他换了宽松的衣服,侧身靠在门边,眉眼低垂,褐色的头发看上去柔软得不像话,我好不容易才忍住揉一揉他脑袋的冲动。

他的双眼皮很深,笑起来眼角有好看的弧度:"卡卡,没有老师再找你谈话了吧?"

我突然就明白了他跑去和周奕打架的原因。

"顾央西,我求你滚远点!"

那是我第一次心平气和地朝他发火。

"好。"他似乎已经习惯,眉眼间的弧度不自觉地深邃起来。

我忽然觉得委屈,在反锁上门的瞬间,我不可抑制地大哭起来。

〔伍〕

我患有严重的抑郁症。

从外婆到母亲,再到我,像一种古老的诅咒。

这是我不为人知的秘密,也是我之所以愿意接受周奕的原因之一——他是除父亲和兰姨以外唯一知道并且愿意接受我的人。

父亲说若我能痊愈,他便接我靠近他的生活。

在兰姨欲言又止的神色里,我便已有所察觉,直到如今我心里再清楚不过,父亲在那个遥远的国家已经有了新的家庭,他并不关心我是否走得出过去,只不过是不想因为我的病情影响到他的新生活,至于当初留给我的承诺,也不过是遮掩抛弃的荒唐借口罢了。

可是我已经没有母亲了,说我没骨气也好厚颜无耻也罢,我终究不敢松手,我必须留在父亲身边,这样至少我不是被抛弃在这个世界上的孤孤单单的可怜虫。

在我与顾央西分开后放声痛哭的那天晚上,我终于下定决心逼自己走出来。

这真是一件困难又辛苦的事情。

因为太久不与人沟通的关系,每每在课堂上主动站起来发言,我都需要用尽全身的力气掐紧手心。高考越来越近,面对同学甚至连老师都不加掩饰的不耐烦,我需要用很大很大的力气才能控制自己不崩溃。

那些心底琐琐碎碎的阴郁,就像是侵入我体内的小毒虫,一寸一寸啃噬我的精神,除却永无止境的忍耐以外,没有任何效果显著的药物能够帮我分担一丁点痛苦。

我无时无刻不在害怕自己突然就这么晕厥过去。

医生说,我心理压力过大,抑郁情况已经十分严重。

这是我偷偷躲起来听到他跟兰姨说的。

我觉得自己就快要支撑不住崩溃了。

〔陆〕

出事那天的经过我已经记不清楚。

周奕走进病房来的时候身上有风的味道,我透过他未来得及关严实的门缝中瞥到门外少年头上缠着的白色纱带。

"周奕?"

"卡卡你要不要吃点东西?"他始终拒绝向我说明事情的经过,但其实很多事情已经不必言明。

学校领导来看我的时候神色间夹杂着官方的安慰与掩饰不住的肆意怜悯。

他们很委婉地问,是不是与顾央西起了冲突。

我语气强硬到不行,坚决否认。

可后来我发现一切都是徒劳,他们都说,没关系,不要怕。

总是这样,人们善于站在道德的制高点先入为主地为看似弱势的一方树立保护的盾牌,往往忽视事实的真相。

就好像,我越是执意地否认,越是证明错在顾央西。

而面对盘问,顾央西所给出的整件事情的来龙去脉正好符合他们所想要的样子。

"我跟周奕起过冲突,"他很认真地看了班主任一眼,就真的像是在寻求证明一样,"刚好周奕跟陆卡卡关系好,然后那天放学我在楼梯口遇到陆卡卡,就想要捉弄下她。"

他眯了眯眼睛,像是在回忆事情的始末:"我把她的书包丢下去的时候有铅笔刀掉出来,本来想要吓唬下她,却没有想到她直接冲过来抢,一失手就……"

他露出无奈的表情,一副不耐烦的样子。

"那你头上的伤呢?"

他像是早就料到这一发问:"推搡的时候她差点摔下去,我怕事情闹大被我爸收拾,就拽了她一把,结果把我自己给撞了。"

他有点失了面子般低了低头的样子看上去倒是真实得不像话。

证据便是陆卡卡和顾央西的伤疤。

这就是所有人都满意的全部了,干净利索,符合常规。

校长最后一次跟我确认事实的时候,我茫然地点了点头,站在边上的顾央西嘴角露出只有我能辨别的弧度。

其实我是有点私心的,顾央西,你救了我一次,一命抵一命,母亲的死,我不怪你了。

从此以后,你再不欠我什么了。

〔柒〕

距离高考仅仅剩下一周时间。

学校对顾央西的正式处分还没有批下来,但人人都议论这一次顾央西行为太过出格,且不说学校这边,单是向来对他要求严格的顾父,怕也是饶不过他。

那次之后,我再没见过顾央西。

兰姨带周奕进来的时候,我刚刚吃下最后一颗药。

她说:"卡卡,要不要去加州?"

那粒胶囊卡在嗓子慢慢融化,有腥苦的味道蔓延开来,我忽然觉得心里有空落落的隐痛。

那一刻我竟少有地思及母亲,若是离去,我又何尝不是抛弃母亲

让她孤独地在这城市里长眠,更何况……

记忆里少年一声不吭的倔强模样陡然浮现。

我曾夜夜心惊,生怕父亲抛弃我一个人在这座城市,也曾日日揪心,期盼能飞去加州寻求即便出于同情的父亲的庇佑。

如今这般光景,却硬生生剖离掉我心心念念的希冀。

原来这世间,抛弃与被抛弃本是常态,因为畏惧孤独,用尽了力气逃离被抛弃的宿命,最终自己又何尝不是做了残酷抛弃的那一方。

"卡卡,你是当事人,若是你去了加州,学校里这些事情自然可以化小,甚至不再有人会追究,你知道的,毕竟高考在即,因为一些不好的事情毁了谁都……"

我早就明白自己有一天会控制不住自己,被抑郁吞没,出事的全部经过其实我都记得。

那天下午我感觉已经不好,心理上的病状转移到生理上的痛苦会来得更加直接和剧烈些,昏昏沉沉地在楼梯口踩空,顾央西冲过来的时候我情绪已经失控,疯了般用力推搡甚至伤害他。他只是皱着眉头用力抱住我一直说:"没事的,卡卡,你会好起来的。"

没事的,卡卡,你会好起来的。

我把头埋在他的肩膀上,然后狠狠咬下去。

那天下了很大的雨,他用了很大的力气才将我安抚下来送回家,兰姨把药递给我的时候他一把接过,转身丢进了垃圾桶。

"卡卡,其实没有什么,在所有人眼里,你都没有任何问题,只不过沉默一点罢了,你不是需要服药的病人。"

吹风机嗡嗡的声音和少年指间的温暖在我耳边环绕:"学校那边,

到时候不管我说什么，你只管点头就好……不要回头，卡卡，我希望你能更快乐一点。"

不知道从哪一天起，他已长成如此令人心安的模样。

我沉沉睡去，直至父亲嘱咐兰姨送我去医院，其实已无碍。

"周奕，什么时候可以出发？"

我直接打断他的话，那一刻我甚至听得到自己声音里夹杂的颤抖。

我离开的那天正是高考日，天气好得不像话，我一直大步大步往前走，直到飞机起飞我也没有回头。

顾央西，我离开的背影有没有比你更酷一点点？

〔捌〕

加州有足够热烈的阳光。

像周奕说的，把心脏安放在这里不会泛潮。

我也终于如愿留在父亲身边。继母是要强且极有能力的华人，虽然她从来不主动与我搭话，但总归不如我想象中般难以相处，她与父亲有一个女儿，尚且年幼，小姑娘总是睁着一双漂亮的大眼睛亲昵地凑在我身边。

我开始慢慢适应新的环境，也积极地接受周奕帮我安排的心理治疗，每到周末的时候，他便上门陪我父亲聊天。

这里没有像怪胎一样的陆卡卡，也没有那些记不起来的残破记忆。

我摸着妹妹柔软的褐色头发，给她所有的耐心与宠爱。

毕业那年，周奕最后一次带我去看心理医生，从医院出来之后我

们散步途经教堂。阳光好得不像话,透过高高的窗枢,被玻璃分割折射,最后落在排列整齐的桌子上,投下零零散散的斑驳光影。

有人在唱着圣歌,音调平和而漫长,我趴在桌上感觉到心底深处的平静,然后慢慢闭上眼睛。

我已经褪去往日里的尖锐,也慢慢走出来了。我感激上苍赐予人类遗忘的能力,所有的伤痛欢乐经过时间的洗涤,最后都会变成无关紧要的旧照,然后湮没在记忆深处,才好让我们从无尽的苦痛中解脱,有勇气度过这烦琐庸碌的一生,如同不谙世事的稚童般自欺地走完这一世。

一曲唱毕,我睁开眼睛看见神父慈祥而睿智的笑容。

他说:孩子,主会庇佑你。

周奕不动声色地将一枚戒指套上我的无名指。

那一刹那,我仿佛看尽了余生。

你看,自然有时光拖得我们所有人仓促成长,我亦不过是芸芸众生中的一分子,自然也逃不过结婚生子、柴米油盐这等看似庸俗的琐事。

挣脱掉令我万分恐惧的抛弃,好在身边尚有人愿用余生伴我同行,这已是万幸,哪还能再贪得无厌。

可事情传到继母那里,得到强烈的反对。

她冷着一张脸将周奕叫到书房:"我不会同意的。"

"姑母,您该不是以为这件事情也要征得您的同意吧?"

传至客厅的争吵声越来越大,父亲终于按捺不住起身进了书房。

我心下未生半分波澜,依旧笑着陪客厅里的小姑娘拼图。最后一块拼图按上去的时候，小姑娘抬起头来盯着我："姐姐，妈咪不让哥哥娶你，妈咪好讨厌呀！"

"妈咪有她自己的顾虑吧。"

说这话时，我心中平静。

小姑娘似懂非懂地看了看我，漆黑的眼睛透着隐隐的担忧，我习惯性地伸手揉了揉她一头柔软的褐色头发。

"可是姐姐，我希望你能更快乐一点。"

不要回头，卡卡，我希望你能更快乐一点。

有声音在我耳边响起，我只觉得胸腔闷痛。

"我不喜欢这样的妈咪，"我回过神来听到小姑娘的琐碎念叨，"不行，我得去劝劝妈咪。"

反应过来的时候，小家伙光着脚丫子已经往书房的方向冲去，我生怕他们的争吵吓到她，赶紧追过去。

推开门的一刹那，一个铁盒子迎面丢过来，零零散散的内物洒落一地，还有那个女人尚来不及收口的声音："……记不得的东西也小心保管，爱他已经成了本能……"

你是清楚的，这样的女人要不得，你又何苦冒险？

"姐姐，姐姐……"我残存的意识里是小姑娘甜甜糯糯的焦急呼喊。

〔玖〕

我做了一个很长很长的梦。

梦里母亲将我拥在怀里，满脸都是殷切期盼的喜悦神色："卡卡，爸爸今天晚上就回来啦，开不开心？"

我记不得父亲的样子，更没有她那般欣喜，只是认真地抱着怀里的铁盒子，像是守着什么珍宝一样。

梦境反复，之后才是父亲推门而入的场景，他风尘仆仆的余味尚未散去，语气清冷窥不得半分忧喜。

"阿绢，"他坐下来唤母亲，"把字签了吧。"

绝望一点一点地吞噬掉母亲的笑容，她像是终于喘过气来，连压抑已久的疲倦也再不加半分掩饰。

厨房里炖的汤还在咕噜作响，越发衬得母亲平静，她在那张离婚协议上写下自己名字的时候，父亲才逐渐露出满足的淡淡笑意。

自始至终，他没看我一眼。

"卡卡，妈妈好怕，到底还是被抛在这里了。"

我固执地抱着我的铁盒子不肯松手。母亲叹了口气转身进了厨房，我跟过去的时候她反手将厨房落了锁，我坐在厨房门外喊了很久她都不肯应声，直到后来我慢慢沉睡。

之后便是无休无止的奔跑，我抱着怀里的铁盒子边跑边喊，可我记不得我在喊谁的名字，我怕极了。

我醒来的时候床头放着梦里的那只铁盒子，小姑娘正在认认真真地整理内物，一张张照片全是我和小小少年的合影。

还有许多张祈愿条。

"姐姐，姐姐，我认识这些字哦！"小姑娘一字一句地认真念出来，"卡——卡——要——更——快乐——点……"

末了，小姑娘做出一副成熟稳重的模样，然后认认真真地盯着我："姐姐你看，照片里的小哥哥也希望你能快乐一点。"

我接过她手里零散的照片和字条。

字迹稚嫩模糊，日期隐约起始于我的三周岁生日，终于母亲离世的那年。

我记起梦境里我反复喊的名字——

顾央西。

〔拾〕

时隔九年，我终于理清那些破碎的记忆碎片。

因为走不出抑郁，母亲在签下离婚协议的当日走进厨房就再没能出来。顾央西到底还是去得晚了，没能替我留得母亲一命。

匆匆赶回的父亲将内心的愧疚发泄在顾央西身上，而自己其实明知错不在顾央西，更遑论追究责任。

那日医生说的种种术语我并不大懂得，尚且记得清楚的是最后他叹着气摇头的样子："抑郁这东西，本就是心病，加上亲历母亲的离世，怕是日后很难走出，最好是身边人多些耐心与包容，给她发泄情绪的出口……"

凡事啊，憋在心里总是会坏掉的。

年长的医生满是遗憾地朝父亲看一眼，更像是抛去医生的身份以一个长者的姿态劝导。

我不知道顾央西用尽多少力气才将我施加于他的种种冤屈悉数

收下。

可是什么人说过,爱情啊,原本就是让人无计可施又心甘情愿的事情。

他哪有什么错,不过多年来唯一的心愿便是让陆卡卡快乐一点点。

所以甘愿用所有的耐心包容她的情绪发泄,无论如何,能让她快乐一点就好。

〔尾声〕

十二月底,我从旧金山飞往中国。

飞机落地的那一刻,迎面的冷风涌进我的脖颈,我忍不住打个哆嗦,抬眼看到顾央西身边站着的漂亮女孩子,她任性地揪着他的衣袖不肯撒手。

我站在远处没有开口。

他像是感应到般忽然转过身。女性对于威胁的辨识度永远要敏锐得多,那个女孩朝我狠狠瞥一眼,满脸警觉又小心翼翼地看向身边人:"顾央西,她是你的朋友吗?"

他紧紧皱着眉头一言不发,还是那副酷得要命的样子。

我朝他走过去,看到他蹙着的眉头终于垮下来。

我终于明白,这些年来他所有酷得要命的样子都不过是保护所爱的倔强姿态。

小甜饼

让范泽主动告白好难啊。
假装谈恋爱什么的，听起来就是个烂主意。
但对他来说，似乎特别有用。

不负可爱不负你

×

Text / 十万月光

〔壹〕

喜欢穿长裙的一定就是淑女吗?

不,也有可能是因为腿粗。

候机室里,温一梨编辑完这句回复便关掉了论坛,收起电脑准备登机。

高跟鞋踏出清脆声响,走路带风地扬起她飘逸的粉嫩长裙。

从泰国吃了一圈回来,皮肤也黑了,温一梨戴着眼罩在经济舱里和周昆、林安抱怨。

意料之中没有得到任何共鸣,大家毕竟习惯了这样的风吹日晒。

作为一个美食博主幕后团队人员之一,周昆正在抓紧飞机起飞前的最后时间修图。

说是团队,其实公司也就给了两人,一个是周昆,负责拍图、修图、调色、作图、剪视频。

另外一个是林安,负责策划、写文案和化妆。

再加上美食博主本人温一梨,勉强算个网红团队吧。

胖还贪吃,穷还旅游,说的就是他们了。

飞了一夜才到阪城,温一梨和林安直奔小出租房,倒头就睡。

酣睡了半日,温一梨被周昆的电话叫醒,说是一上网发现本市新开了一家甜品店,问要不要今天就去吃。

甜品?

嗜甜如命的温一梨嗖地醒了,肚子适时地叫了。

"去去去!"

林安的房门被骤然推开,发出一声巨响,惊醒了床上睡得头发如鸡窝的女人。

林安起床气十足地吼了一声:"温一梨!"

这家新开的甜品店叫 Young。

温一梨、林安、周昆三人到店的时候已经满座,不止如此,排队的人顺着门口排出了五十米有余。

"影响市容!"温一梨气哼哼。

赤裸裸的吃不到葡萄说葡萄酸的心理。

三人只好先行去别处觅食。

Young 之所以从一众甜品店里脱颖而出,全靠他们家的特餐。

每日一道特餐,绝不重样,店长看心情做。

"这大有往网红店发展的势头啊。"温一梨一巴掌在小腿上拍出

脆响。

排了近一个小时队,快到晚上十点时,三人才慢腾腾地进了甜品店。

温一梨挥手点了半张菜单的甜食:"还有特餐也来一份。"

"不好意思小姐,现在快到下班的时间了,剩下的原材料不够您点这么多。"

温一梨:"呵。"

我排了这么久的队你就跟我说这个?

听说过起床气,但没讲过无食气的吧?也称"没吃成食物生气"。

温一梨就有。

她往最近的座位上一坐,一副不走了的大爷样子:"你们还剩多少原材料?能做多少就都做了,我全要。"

服务生开始在给排在后面的顾客挨个道歉了,他转过身来:"不好意思,就剩一块了。"

"什么?"

一块蛋糕吃什么啊,味道都没闻够。

"那特餐呢?"

今天的特餐好像是彩虹芝士吐司,ins(一个分享照片和视频的社交软件)里超火的那个拉丝面包,从中间掰开,彩虹色浓郁的芝士无限拉长,新奇又让人食欲大涨。

"那个也卖光了。"服务员再次抱歉。

"这么火爆的生意你们居然材料备这么少!"温一梨眉头直跳,

化生气为力气凝在指甲尖上往蚊子包狠狠戳了无数个十字架。

"不需要了，谢谢。"林安上前扯起气咻咻的温一梨。她最懂温一梨，吃不够尽兴还不如不吃，不然气性更大。

"美女，等一下。"

一行人正要走，身后突然响起一个声音。

温一梨转过头去，穿着白色厨师服的男生撩开厨帘出来，专业统一的制服将他颀长的身形展露无遗。

男生将手里的打包盒朝她递来，眉目带着礼貌的笑意。

"很抱歉给您带来不愉快的用餐体验，请您明日抽空过来，我们将给您预留座位。这块蛋糕是小小补偿。"

男生微倾着头，不卑不亢，目光扫过来的时候，让温一梨的心颤了一下，她飞快地抓过小蛋糕走了。

林安朝厨师小帅哥道了谢，紧跟着温一梨出门，刚刚温一梨的神情可被她看得一清二楚。

她暗暗心惊，完了，温一梨完了。

那小丫头自小喜欢会做饭的，刚才那个小哥不仅会做饭还很帅，一个眼神过去，小丫头命都没了半条。

确认过眼神，没看清，也不知道是不是对的人。

〔贰〕

温一梨等人接了个"安利"广告，隔了一天才去Young，不过

厨师小哥说话算话,他们一去,果真腾出了一张桌子来。

点单的时候才知道厨师小哥就是这店的店长,叫杨喧,平常喜欢钻进后厨研发新品再教下面的人去做。

获得了拍摄同意后,周昆很快摆布好了机器,一行人便在几十平方米的小店里开始行动。

工作起来的温一梨心无旁骛,Young 的甜品深得她心。

市面上炒热的那些脏脏包、毛巾卷,以及普通不过的提拉米苏、泡芙、榴梿盒子,这里都没有。杨喧就像长了七窍玲珑心似的,端上来冰皮雪媚娘、流心爆浆麻薯、四喜软欧包、手工半熟芝士塔,全是她的心头好。

Young 甜品种类繁多,饶是她每次点个十几种,也要个把星期才能尝遍。

她不是那种又要拍美照又要注意身材的美食博主,也不会因为做攻略把所有的美食都仅尝一点就扔。

美食必须要完整落肚,才算不辜负世间可爱。

今天的特餐叫"岁月",是一款黑加仑蛋糕。蛋糕外面是一层黑巧,用刀划开一个口子,里面的巧克力浆便涌了出来,蛋糕柔软,口感绵密。

入口先是满足的香甜,然后黑加仑的酸味会蹿出来,吃到最后会带出葡萄的涩感。

就像前尘往事在味蕾里走了一遭。

温一梨吃完"岁月",再看杨喧的时候眼睛里就带了惊艳,会做美食的男人在她这里本身就是自带美颜滤镜的。

不仅如此，温一梨还发现，这家店的特餐真的是每天不重样。

一天一种特餐，她都能歇一阵子不用往外跑找美食了。

有了这种长期叨扰的觉悟，温一梨立刻开始和店长搞好关系。

在她的软磨硬泡下，杨喧终于同意出镜。

轮廓分明、模样明朗的少年在长图攻略里出现了一下，当天的阅读量嗖嗖翻了一倍。

评论底下主要分成两拨：一拨是叫嚷着要来阪城吃甜品看小哥哥的，一拨是起哄让温一梨和帅哥店长一起出"岁月"教程视频的。

温一梨把评论翻给杨喧看，可是一直都有求必应的男生却怎么都不肯答应，温一梨心中奇怪，脸都露了怎么现在开始扭捏了？

她又是亲自做西柚汁又是请吃饭，费了好大劲儿才让杨喧松口。

第二日，温一梨一行人来到Young的时候杨喧已经准备好食材。

一半店面还是正常营业，另外一半腾出来用来拍摄，两张餐桌拼在一起，前面清出了足够的空间给周昆摄影。

温一梨不好意思地道谢："给你添麻烦了。"

"知道就好。"杨喧嘀咕了一句。

温一梨没听清："你说什么？"

他转头笑了笑："可以开始了。"

戴上手套和围裙，杨喧迅速进入状态，开始软化黄油、加糖、打蛋液，温一梨时不时在他的提示下打下手。

  鲜黄的蛋液、银亮的器具、馥郁的黑巧克力和甘甜的黑加仑,各种食材碰撞在一起砸出强烈的视觉冲击,像温一梨喜欢的宫崎骏动画里的夏天味道。

  比起吃,她更享受这些美食出炉的过程。

  周昆架着机子调整拍摄角度,林安时不时把直播上的提问念出来,温一梨讲解步骤的时候抽空作答。

  温一梨很少露脸,大多是敬业地拍美食,饶是这样,一双出镜的手也总被粉丝们常夸好看。

  然后由手好看引发到脸也好看,再引发到被问喜欢什么类型的男生。

  "喜欢会做好吃食物的人。"

  每次温一梨都会这么答,但这次说完后,却被刷屏得最厉害,自家亲粉都在"嘲"梨子这是意有所指,更有甚者已经开始祝"久久"。

  温一梨哭笑不得,但也习惯了。

  不过,等到蛋糕完工出炉,这个做好吃食物的人做的"岁月"味道却远不及上次。

  温一梨第一口就尝出来了,首先蛋糕的口感就粗糙很多,像是蛋液没有完全打发,整体略干。

  她疑惑,杨喧怎么连这种低级错误也会犯?

  温一梨下意识地向他看过去,视线相撞的那一刻杨喧迅速撇开头,躲过了探究。

  虽然心中奇怪,但温一梨秉持着良好的职业素养,还是做足了赞叹的戏码。

不过直播结束以后,剩下的蛋糕是一口也没碰了。

"我觉得挺好吃啊,和上次一样。"林安叉了一块进嘴,边嚼边点头,正好到了饭点也饿了。

温一梨见杨喧不在,小声说:"我做了几年的美食博主,这点区别还是尝得出来的。"

温一梨把名片递给杨喧,略一抱拳:"今天叨扰这么久,谢谢了,改天请你吃饭。"

杨喧配合地拱手。

一行人正准备走,忽然闻到一股焦香。

本来这甜品店里只有香甜,忽然来了这么一丝菜味,格外明显,一把勾诱起了新的食欲。

正饿着肚子的温一梨疑惑地"咦"了一声,循着香味钻进了后厨。

杨喧来不及阻止,硬着头皮跟了过去。

后厨还算敞亮,里面有三名甜点师,其中两个忙着调酱摆盘,正中间那个穿着便装的正端着一个圆碟大快朵颐,直面和温一梨来了个四目相对。

不用想,香味就是从这里来的了。

温一梨一进后厨,瞬间引来了三人的视线,她笑着解释一番后,另外两个又立刻进入工作状态,而中间在吃饭的那个不知道是看到她

还是看到了跟着进来的店长,直接蒙掉。

男生的颜值比店长略高,此时因为惊吓而微微张着嘴,一碟饭菜端在手里放也不是吃也不是。

他嘴里还塞着食物,脸颊鼓鼓的,像温软白嫩的包子,有点可爱还有点眼熟。温一梨眨巴着眼,就是想不起在哪儿见过他。

"鳗鱼盖饭!"温一梨很快被食物吸引。

新鲜鳗鱼现杀现烤,淋上琥穴汁烤制的时候会散发出诱人的焦香,再搭配溏心蛋,色相勾得人唾液急剧分泌。

"能给我尝一下吗?"温一梨豁出老脸,小心翼翼地提出这个要求。

下一秒,圆碟便举到了她面前。

温一梨大喜过望。

她夹了一块鳗鱼入口,肉质细嫩咸甜适宜,不禁大呼过瘾:"太好吃了,这是你做的?"

"不,不是,我就是服务员。"男生低着头躲避她的视线,端起一碟刚出炉的甜品就慌慌张张地往外走。

温一梨奇怪地撇嘴,不舍地放下手里的鳗鱼盖饭。

"咣叽"一声,前厅传来瓷碟打碎的响声。

温一梨钻出后厨,刚才那个小服务生正红着脸给客人赔不是,坐着的女生嘴里说了两句粗话,肩上的奶油残渍格外显眼。

男生感受到温一梨的注视,更加紧张窘迫起来,只想早早走开。

杨喧走过去:"真的非常不好意思,为了表示抱歉,这桌的甜点免单,您看可以吗?"

  小意外终于解决,温一梨朝杨喧望去,后者看上去并没有任何不满。

〔叁〕

  杨喧打来电话是一个月后,温一梨正和林安一起逛街,他说Young 出了新品,请她来试吃。

  挂掉电话,林安八卦:"他是不是对你有意思啊?"

  温一梨翻了个白眼:"人家店长聪明,叫我试吃还能间接宣传生意,不像你脑瓜里都在想些什么乱七八糟的。"

  而温一梨根据地址找到杨喧楼下时,突然觉得有些话说早了。

  什么试吃还得来家里?

  早知道就带上周昆和林安了。

  温一梨莫名有些紧张地坐电梯上楼。

  杨喧给温一梨开了门:"快来尝尝。"

  两道新的甜品已经端上桌,榴梿起司和草莓可丽饼。

  一闻到榴梿这种美好的香味,温一梨立刻抛开疑惑,大口吸食。

  是和第一次吃到"岁月"一样惊艳的口感,全无雷点,更没出现上次那样蛋糕过干的尴尬。

  "这还需要试吃什么!"温一梨尤为激动,赞不绝口,"难道别

人没告诉你吗,可以直接上菜单了!"

"没有给别人试吃啊,今天刚做成功,你是第一个吃到的。"

温一梨受宠若惊,连忙道谢。

两人抢着洗碟子,但最后她还是被杨喧挤到了厨房外。

温一梨在客厅走动,探头探脑:"今天你请我吃了这么好吃的,怎么也得让我请一顿饭吧。"

杨喧微弯着腰站在水池前说:"不用了。"

"要的,要的。"

"我也只是给爱食物的人试吃。"

怎么这人不按套路出牌的,女生都主动请客还不顺嘴答应?

温一梨想着是不是今天妆化得不好,得去照照镜子。她扶上前面房间的门把手:"厕所是在……"

话到一半戛然而止。

杨喧抬了抬眼,看到温一梨正在推开卧室门,沾满泡沫的手都没擦就吓得冲了过来。

"别开!"

晚了 0.05 秒。

温一梨站在卧室门口,目瞪口呆。

"我的照片……为什么会在你房里?"

温一梨刚做美妆博主时稚嫩的摆拍被画成油彩框挂在卧室墙壁上,她冲进房间,迅速扫视一圈,还发现了一整本关于她做的美食攻略和一张大学毕业照。

尖厉的女声在杨喧耳边惊起:"你在哪儿弄来我的毕业照的?你个变态!"

她抓起沙发上的包作势要走,杨喧哭笑不得地拦在门口:"听我说听我说,不是你想的那样!"

温一梨疑惑地望着他,目光警惕。

"这其实并不是我家,是范泽家,就是上次那个服务生。"杨喧咬牙重重叹了口气,仿佛做了一个天大的决定,"刚才的甜品也是他做的……好吧好吧,我干脆都跟你说了,其实那家甜品店都是他的,他才是店长。"

温一梨:"?"

"他就是想找个理由让你吃到他做的甜品。"

这都是什么跟什么,温一梨完全凌乱了:"他为什么这么做?"

"还能为什么……"

〔肆〕

阪城清晨六点的时候下了一场暴雨,燥热去了大半。

趁着烈阳没有完全冒出来,范泽抓紧时间去菜市场选购食材。

大热天穿梭在那种地方,拥挤、辛苦,回去也要在没有冷气的后厨里做料理。

在没有开店前的无数个钻研的日夜就是靠着那点信念坚持了下

来，现在开了店，信念变成了实体，心里那个人的轮廓开始清明，距离逐渐变短。

都说同一件事做久了就会厌烦，范泽却觉得好像更有干劲了。

终于他也有机会走进温一梨的生命。

范泽把大袋小袋的东西提回店里，一股脑地放在了餐桌上，然后开口朝后厨的方向说："胜啊，我今天去看老周，店就交给你了。"

"好。"

从后厨传来一声回应。

范泽取了车，直奔老周家。

老周是范泽的小学班主任，今天是她的五十六岁寿辰，这些年范泽和她常有联络。

他提了些寿礼上门，老太太一见到范泽开心得不行，拉着范泽的手亲昵地拉家常。

"一转眼都好多年了，你都长这样俊啦。"

人年纪大了就爱说以前的事，老太太坐在凉椅上摇着蒲扇，笑着说起从前的胆小鬼范泽。

"那时候上课我点你回答问题，你小子就算知道答案也不敢说，还要我逼着你一个字一个字读出来才行。"

凉椅随着晃动发出"吱呀吱呀"的绵长声响，把人的思绪一下拉出好远。

八岁的范泽读三年级，是个有莲藕臂的小胖墩。

自卑、胆小。

有多自卑多胆小呢？

小范泽有次掉了钱，弯腰捡钱的时候看到有人在盯着他看，他脑子一抽就问对方是不是你掉的钱。

那人点头，于是胆小鬼范泽就把手里的十块钱递了过去。

不过，范泽无比庆幸当时的胆小，要不然，怎么会遇见温一梨呢。

那日她领着一群和她一般大的小学生，奶声奶气地指着范泽说："这钱明明就是从他口袋里掉的，你把钱还回去！"

小女生蛮横，阵仗颇大，扯着嗓子一吼，吓得那人扔了钱就跑。

钱是回来了，此后范泽的目光也移不开了。

小学时，她是耀武扬威的小霸王，身边围着一群群小娃娃，他过不去。

初中时，她是飞扬跋扈的小刺头，逃课飙车，他走不近。

到了高中，他终于和她同班，却整日尿着不敢上前讲话。

晚自习后，他会拖着杨喧一起尾随温一梨送她回家；放学后值日时，他会格外仔细地打扫她的座位；去上厕所时，连路过她的位置偷望一眼也会紧张到窒息……

温一梨也确实是引人注目的女生，漂亮、仗义。

他则是毫无存在感的人，觉得自己的青春就是宽大校服里堆积的脂肪。

　　第一次勉强算是接触是在学校运动会前夕，温一梨作为体委招呼大家踊跃报名体育项目。

　　大家都积极响应。范泽鼓起勇气去报名，接过她的笔填了表，全程咬牙握拳心脏狂跳不止。

　　可实际上，温一梨的课桌前围了一圈人，根本没人注意他。

　　范泽失落地走回座位才发现手里紧紧攥着她的笔，顿时像做贼般心虚，想着得赶紧把笔还回去，结果，上课铃响了。

　　最后，范泽将笔塞进了文具袋，心里像有一百只白鸽呼啦啦飞了过去。

　　"她太耀眼了，看不见你的。"看了几集青春偶像剧的杨喧老气横秋地拍着他的肩，"年轻的时候啊，最好不要遇见优秀的人，不然余生都难喜欢别人。"

　　范泽懒得理他。

　　哪知道一语成谶。

　　除了温一梨，范泽再没喜欢过别人。

　　后来杨喧实在看不下去他苦兮兮的暗恋，径直在校门口拦下温一梨要了她的 QQ 号给范泽，范泽战战兢兢地加了她。

　　好友验证通过之后，那边发来你一句"你好，请问你是谁"。

　　范泽心里一惊，蓦地拉黑了温一梨。

　　杨喧恨铁不成钢，足足气了两周没理他。

〔伍〕

其实，范泽也有过一次真正和温一梨的接触。

那天，他一个人跟着温一梨，想把她安全送回家，却发现她并没有直接回家。原来温一梨的朋友生日，她去朋友家玩。

见温一梨上了楼，范泽就蹲在楼下等，躲在某辆小车后被蚊子咬了一身包。

将近晚上十一点，温一梨才出来。

夜色浓郁，两人一前一后地走着，范泽连口大气也不敢喘。

路过酒吧一条街的时候，突然蹿出两个醉醺醺的男人拦住温一梨，拉扯着温一梨。

温一梨吓得花容失色，正要呼救，一个玻璃酒瓶砸到两个醉汉的脚边。

"温一梨，到我这儿来。"

温一梨回过头，只见范泽一只手提着几个酒瓶，一只手举着打火机。

是同学！

温一梨惊喜地跑到范泽身边，范泽壮硕的身材立刻给了她满满的安全感。

醉汉骂骂咧咧地上前，范泽点燃了一张卫生纸塞进酒瓶猛地朝他们扔过去。

瓶子落地的瞬间炸开，蹿起高高的火焰。范泽又扔了几个，地上

燃着几团火苗,一时间无人敢过来。

"温一梨,跑!"

范泽拉过她的手转身用力奔跑。

夜风呼呼在耳边刮着,吹得人发蒙,停下来的时候,范泽才反应过来自己做了什么。

顿时,他低着头手足无措。

"谢谢你。"

温一梨撑着膝盖大口喘气,她抬头道谢,清亮的月光落进她眼底,她眨巴着眼,眸中光华流动。

"不,不谢。"

范泽局促不安地站着,指尖余温尚在,撩得人心神不宁。

那晚之后,桥归桥路归路,他们还是两个世界的人。

范泽喜欢温一梨是一部票房惨淡的电影,无人记得,自生悲喜。

后来,温一梨高考失利去外地读了职高。那时候兴起网络吃播,她扬言要做美食博主。

范泽考上了重点大学,听闻她的消息后选了个食品专业,一头扎进小小的四方厨台。

再后来,他在阪城开了一家甜品店,还每天出一道特餐,每次要用到的制作工具和材料都要提前选购或者租借,十分烧钱。

杨喧不禁骂他是败家子。

但范泽就想把店铺做大做红,让她看到。

他要每天做新的特餐,拴住她的胃,她就再跑不远。

〔陆〕

从老周家里出来后,范泽接到了杨喧的电话。

男生站在烈阳下保持着接听的动作一直沉默,久久站着。

杨喧说,温一梨要谈恋爱了,对象可能是我。

他说试菜之后,就成了这样。

杨喧连喂了几声:"范泽你还在不在?说句话啊,你去澄清,告诉她这些事情。"

范泽脑子里乱得很:"我不知道。"

"都什么时候了你还不敢说!我不管你了,你自己看着办吧!"杨喧恨铁不成钢地骂了他几句,挂了电话。

其实,范泽也不是没想过要结束这种荒唐疯狂的喜欢,只是,太难了啊。

长得比温一梨好看的没她仗义,比她仗义的没她性格好,比她性格好的没她胆大。

范泽自暴自弃地想,喜欢不上别人就不喜欢好了,他就永远喜欢温一梨,只喜欢温一梨。

谁让他的温一梨这么优秀。

既然决定一直喜欢她，自己也不能太差，上大学后，范泽开始减肥，节食加运动坚持了两年，终于从胖萝卜瘦成萝卜菜，甚至都有倒追他的女生了。

他逐渐向温一梨靠拢。

可是肥肉能减，自卑却不行，一见到温一梨，他就被打回原形，内心深处那个小胖墩重新归来。

他在她面前，依然是万年小怂包。

当晚，范泽喝了不少酒，在人行道上笔直地走着斜线，也不知他想往哪儿走。

不知道走了多久，他抬起头，才发现已经到了她家楼下。

这些年，这条路，已经成为本能。

范泽醉眼蒙眬地抬头向上看去，三楼右侧，就是她住的地方。

他踉跄着走到长椅旁边，"哇"地开始狂吐。

快要站不稳的时候，一只手从后面扶住他，递来了一张纸巾。

范泽接过来擦了嘴，歪头看来人。

"你不是温一梨吗？"他傻乎乎地笑，眼睛亮得惊人。

面前的女生不知该说什么，安静地站在一旁看他。

范泽笑着笑着突然撇起嘴开始生气。

"你怎么在我梦里也不说话！"他大声嚷嚷，在原地来回暴走，脸颊粉红，眼神不复清明，气鼓鼓的腮帮子像汤包。

温一梨忍不住掐了一把。

嗯，手感柔软。她偷笑出声，伸手再掐。

范泽晃着头拼命躲闪，两道浓眉用力拧着——梦里这个温一梨怎么回事，老是掐人！

喜欢了她这许多年，再次见到她，她居然一点都没有认出自己来，还掐人！

他越想越委屈，一把扣住温一梨的手。

玩得起劲的温一梨吓了一跳，抬头看去，只见范泽恶狠狠地瞪着她，瞪得她心里一阵忐忑，就怕他下一刻跳脚骂她。

可是过了一会儿，他却还保持着这个姿势一动不动，她再仔细看他，哪里是恶狠狠的表情，分明是隐忍委屈的表情。

范泽眼睛微微泛红，眸子里波光粼粼，却强忍着不肯落下，看得温一梨心中一沉。

他没头没尾地开始说胡话，温一梨也不敢抽回手，就这么被他抓着听。

"我想吃东西的时候很可怕，如果今天想吃抹茶毛巾卷，但是又因为减肥死活抑制住了这种冲动的话，到了第二天这个念头并不会消掉，而是会变本加厉。心心念念连工作也做不好，睡觉做梦也馋嘴，那时候很可能就不止想吃抹茶毛巾卷，还会想吃奶油蘑菇面、牛蛙铁板烧、椒盐皮皮虾、好时费列罗、章鱼蟹肉煲，每一天都会再新增一样，日积月累，爆发的时候会在一天里面把这些全部吃掉。"

温一梨心中微动，以为他在说减肥辛苦，刚想安慰就听见他继续说："喜欢你也是，今天喜欢你，明天就更喜欢你，非常非常喜欢你。"

　　范泽趁着醉意,把憋了十七年没说的话一股脑倒了出来,他抓着"梦里"的温一梨问了在心中已经反复出现过156遍的话——
　　"喂,温一梨,我也会做好吃的,你能不能只跟我谈恋爱?"

〔柒〕

　　"他为什么这么做?"
　　在范泽家的卧室里,温一梨惊恐地看着杨喧。
　　"还能因为什么?"杨喧反问,"因为喜欢你啊!"
　　温一梨皱眉:"怎么可能,我们才见过一面啊。"
　　她完全不能理解,怎么有人会这么喜欢一个才见过一次的人。
　　杨喧拿起那张高中毕业照给温一梨:"你好好看看,是不是真的只见过一面。"
　　"他在这张毕业照里?"温一梨大吃一惊,仔仔细细地寻找,"我怎么不记得班上……"
　　温一梨话头骤停,视线落在了最不可能的那个大胖子身上,她吞了吞口水,转头向杨喧看去。
　　杨喧冷静地点点头。
　　"从高中到现在,他喜欢了我将近十年?"温一梨还没有从震惊里回过神。
　　杨喧纠正:"是十七年。从他念三年级到现在,傻子似的喜欢你。而我作为他的小竹马虽然和你们不同校,但是这场暗恋,我是唯一一个见证人。"

　　此外，再无人知道范泽这个不起眼的小胖子，默默无闻地喜欢了温一梨那么多年……

　　杨喧将该说和不该说的全都说了，心中畅快了一阵后又不安起来。
　　要是范泽知道自己瞒了十七年的暗恋被他一朝全盘托出还不知会怎么把他给焖煮烹炸。
　　杨喧懊恼，不行，得补救补救。

　　杨喧眼珠一转，目光落在温一梨身上，他试探地问："现在范泽瘦下来了，你觉得好看吗？"
　　"好看。"
　　"他大学毕业自己创业开了甜品店，你觉得他优秀吗？"
　　"优秀。"
　　温一梨脑子还很蒙，杨喧问什么她就答什么。
　　"一个这样优秀又好看的人喜欢你这么多年，什么感觉？"
　　"有点飘。"
　　"优秀又好看的他暗恋你那么多年，但不敢开口是不是有点可怜？"
　　"可怜。"
　　"那你想帮他吗？"
　　"想。"温一梨发自肺腑地点点头，"哎……可是我要怎么帮？"
　　"逼他一把，让他自己把这些话说出来。"
　　"怎么逼？"

"假装跟我谈恋爱。"
"……"

〔尾声〕

"喂,温一梨,我也会做好吃的,你能不能只跟我谈恋爱?"

居民楼下,路灯橙黄,远远看上去像芒果味的夹心软糖。

路灯下站着一对男女,微凉的夏风吹拂,男生抓着女生的手腕,画面如同定格。

直到温一梨开口说了一句话,范泽觉得像是有一瓢清爽的凉水从天而降,惊醒了他浑身醉意。

她说:"好啊。"

(全书完)

本书由小花阅读委托长沙大鱼文化传媒有限公司正式授权贵州人民出版社,在中国大陆地区独家出版中文简体版本。未经书面同意,本书的任何部分不得以图表、电子、影印、缩拍、录音和其他手段进行复制和转载,违者必究。

图书在版编目（CIP）数据

你是夏天，是风是雨是秘密 / 小花作者著. -- 贵阳：贵州人民出版社,2020.3
ISBN 978-7-221-15761-4

Ⅰ.①你… Ⅱ.①小… Ⅲ.①短篇小说 - 小说集 - 中国 - 当代 Ⅳ.①I247.7

中国版本图书馆CIP数据核字(2019)第292451号

你是夏天，是风是雨是秘密
小花作者 / 著

出版统筹：陈继光
选题策划：大鱼文化
责任编辑：唐　博
特约编辑：欧雅婷　杨吉晨
装帧设计：刘　艳
内页设计：西　楼
封面绘画：Cain酱
出版发行：贵州人民出版社（贵阳市观山湖区会展东路SOHO办公区A座
　　　　　邮编：550081）
印　　刷：长沙鸿发印务实业有限公司
开　　本：880×1230毫米 1/32
字　　数：210千字
印　　张：9.125
版　　次：2020年3月第1版
印　　次：2020年3月第1版
书　　号：ISBN 978-7-221-15761-4
定　　价：39.80元

贵州人民出版社微信

版权所有　盗版必究. 举报电话：策划部0851-86828640
本书如有印装问题，请与印刷厂联系调换. 联系电话：0731-82755298